新　潮　文　庫

細川ガラシャ夫人

上　巻

三　浦　綾　子　著

新　潮　社　版

3477

細川ガラシャ夫人

上巻

ガラシャ夫人の名を、はじめてわたしが聞いたのはいつの頃であったろうか。多分十二、三歳の頃ではなかったかと思う。ガラシャという異国の人名が何か奇異に響き、わたしには無縁の女性のように感じられた。

わたしが夫人に心を惹《ひ》かれるようになったのは、そのガラシャという名が、実は洗礼名グレーシア（恩寵《おんちょう》・神の恵みの意）であること、夫人の父親があの三日天下明智《あけち》光《みつ》秀《ひで》であることを知ってからである。

細川ガラシャについて詳しくは知らなくても、ガラシャが美貌《びぼう》と才気、そして熱烈な信仰を持ち、壮烈な最期《さいご》をとげた女性であることを知っている人は多いであろう。逆臣の名を日本史上に残した明智光秀と、このガラシャとのかかわりは、普通の親子以上の深いものがあったのではないかと思う。

戦前に育ったわたしが、学校の歴史で教えられた明智光秀は、主君織田信長に反逆した稀《まれ》に見る悪臣であった。三日天下は彼に対する蔑称《べっしょう》嘲称《ちょうしょう》である。この言葉から受けるものは、光秀という人間が、如何《いか》にも思慮分別のない愚か者といった印象である。

が、敗戦によって、わたしたちは自分の学んだ歴史に多くの不信を抱くようになった。戦争中の教科書が、余りにも天皇中心に編さんされ、歪《ゆが》められたものであったことを知ったからである。歴史上逆臣といわれた者が、必ずしもそうでないばかりか、真の勇者であり、反骨の士であったことも知ったのだ。

この度、ガラシャ夫人の一生を書こうとして、わたしは先《ま》ずその父光秀について調べた。親は多く子を語るものだからである。

信長を本能寺に倒した光秀は、秀吉に追われて逃げる途中、農民に殺されたというのは一般の歴史書の記すところである。にもかかわらず、徳川家康が帰依《きえ》し、親交の厚かった名僧天海《てんかい》大僧正（後に慈眼大師《じげんだいし》号を諡《おく》られた）は光秀であったという説が、今もって伝えられている。天海大僧正の前身が判然としないというだけで、それが即《すなわ》ち光秀だと伝えられるのは、当時の人々の心の中に、光秀の最期を農民に殺されたままにしてはおけない、敬慕の思いがあったからではないだろうか。

光秀は砲術、築城の第一人者であると同時に平生、茶道、短歌、俳句、花にも長じた教養人で、静かな人であったという。本能寺の乱の直後、信長には見られなかった人民を重んずる法制をいち早く敷いた。この光秀に、京都の人々はみな名君現ると拍手を以《もっ》て迎えたという記録もある。

この光秀を農民が団結してかくまい、他の臣の首をあげて光秀と偽るということは、あり得たような気もする。また、信長の叡山《えいざん》焼打ちの事件の際、光秀はひそかに僧たちをあわれみ、情けをかけていた。その恩義に感じた僧たちが、光秀をかくまったともいわれている。

更に一説には、千利休《せんのりきゅう》の前身が、天海大僧正同様つまびらかでないため、利休は明智光秀であったともいわれている。秀吉が後に、利休を光秀と見破り、切腹させてしまったというのである。

以上二説、虚か実かはともかく、当時の人々がいかに光秀を惜しんでいたかが、うかがわれるのではないだろうか。なぜこのように光秀が惜しまれたのか。それは恐らく、光秀の信長に対する反逆が、単なる反逆ではなかったからにちがいない。

事実光秀は、信長のためにその義母を殺されている。また信長は、徳川家康に対する饗応《きょうおう》の役を突如変更して、光秀の面目を失わしめた。が、これ以外に更に重大な理由があったといわれる。それは、信長の胸中に、光秀をだまし打ちにしようとする計略があったという説である。いわば光秀の行動は、反逆ではなくて正当防衛であったというのだ。こうして、人々は光秀を惜しむあまり、天海大僧正や利休を光秀ののちの姿と信じたかったのではないだろうか。

事情はともあれ、名僧天海大僧正、名茶人千利休に光秀の面影を見たのは、光秀が並々ならぬ人物であったことを物語っているといえよう。

玉子（ガラシャ）には、この光秀の教養と反骨が確かに豊かに流れていた。その光秀の娘として生まれたが故《ゆえ》に、彼女の三十八年間の生涯は、実に波乱に富んだ悲劇的なものとなった。

彼女の一生は、今なお多くの人を感動させ、既に小説に戯曲に伝記にと、多くの書が著されているが、わたしもまたわたしの視点に立って、今の時代に生きる自分の問題として、書きつづってみたいと思う。

痘痕《あばた》

家人《けにん》たちが騎馬のけいこをしているのであろう。土塀の外を大声で笑いながら、二、三騎駈《か》けて行く音がした。

凞子《ひろこ》はいま、病後はじめて、離室《はなれ》の縁にすわり、庭ごしに母屋《おもや》を眺めていた。うらうらとした春の日ざしが膝《ひざ》にあたたかい。

(あとひと月)

凞子は病みあがりの肩をおとして、ほうっと溜息《ためいき》をついた。

明智城主明智光綱の一子光秀と凞子は、幼い時からの許嫁《いいなずけ》である。光秀が十八歳になり凞子が十六歳になった今年の正月早々、婚儀の日が決まった。

その婚礼の日がひと月ののちに迫っている。だが凞子の心は重い。病みほそった白い指で、またしても凞子は頬にそっと手をやった。凞子が近づけば、花も恥じて萎《しぼ》むといわれたほどに美しかったのは、既に過去のことなのだ。

二月初めのある夕べ、潔子は突如悪寒《おかん》がしたかと思うと、たちまち高熱を発して床に臥《ふ》した。最初は悪いはやり風邪かと思ったが、それは恐ろしい疱瘡《ほうそう》であった。発熱した翌日、紅斑《こうはん》が顔に手足に出て来たため、医者はすぐに庭の一隅にある離室に移すように命じた。頭痛や腰痛に悩まされ、化膿《かのう》の痛みにもだえ苦しんだのち、一命だけはとりとめた。が、はじめてその頰に手をやった時の驚きと悲しみはいいようもなかった。顔ばかりか、首にも手にも痘痕は残っていた。父母は神に仏にひたすら祈ったが、痘痕は消えるはずもない。

父、妻木勘解由《かげゆ》左衛門範凞《のりひろ》は、美濃《みの》の豪族土岐《とき》氏の出である光秀との良縁を諦《あきら》めることはできなかった。土岐氏の出であるばかりではない。相手の光秀は、その三歳の時既に、万軍の将たる相がありと、さる僧が驚いたというほどで、十八歳とは思われぬ秀《すぐ》れた人物であったからでもある。

とてもこの顔では、嫁入りさせることはできない。といって、光秀との縁組を取り消すのは惜しい。父の範凞が窮余の一策を案じたのも無理からぬことであった。が、その時、まだ凞子は父の考えを知る筈《はず》もなかった。

凞子はおそるおそる再び頰に手をやった。絹じゅすのような、曾《かつ》ての肌理《きめ》細かな頰とは、似ても似つかぬ手ざわりに、凞子は唇をきっとかんだ。

切れ長の黒い目は、庭の三分咲きの桜の花に向けられていたが、花も目に入らない。幼い時から幾度か会った光秀の、落ちついた思慮深げな風貌《ふうぼう》が目に浮かぶ。見馴《みな》れている若い家人たちの荒々しさとは、全くちがった光秀のその静かさに、凞子は心ひかれていた。

しかし、それはもう諦めねばならないのだ。どこの世界に、疱瘡のあとも醜い女を、奥方に迎える殿があろう。

(それにしても、女の命は見目形《みめかたち》であろうか)

凞子は、この二、三日思いつづけてきたことを、いままた思った。幼い頃からついこの間まで、愛らしい、美しいと人々にいわれつづけてきた。自分の美しさは、太陽が西から出ぬ限り、いつまでもつづくものと思っていた。が、いまにして凞子は顔の美しさの変りやすさに気づいたのだ。ひどく頼りにならぬものに、頼ってきたような気がする。

ほうっと、また溜息をついた時、先程の騎馬であろうか。再び地ひびきを立てて塀の外を駈け過ぎて行った。

「いやですこと。またいくさが始まるのでしょうか、お姉さま」

清らかな声がして、妹の八重が母屋から縁伝いに歩いてきた。八重のその白い陶器のような肌に、玉子の視線がちらりと走った。玉子の肌は、これより更になめらかだったのだ。

「若い方たちが、騎馬のおけいこをなさっておられるのでしょう。先程も笑いながら駈けて行かれましたもの」

「それなら、よろしいけれど」

八重は無邪気な笑顔で玉子を見、

「ご気分はよろしゅうございますか、お姉さま」

二歳年下だが、八重は玉子と時折まちがわれるほどに、背丈も顔かたちもよく似ている。腰まで垂れた豊かな黒髪を下くりし、元結《もとゆい》をかけている。

「ありがとう。気分はもうずいぶんよろしいのです。でも……」

ほほえんでいた玉子の目がかげった。

「お輿入《こしい》れのことがご心配なのでしょう?」

八重は大人っぽい表情になった。

「おことわり申し上げるより仕方がないでしょうけれど……」

「でも、お姉さま。光秀さまががっかりなさるだろうと、お父上さまがおっしゃっておられました」

「お父上さまが？」

父の範淵は、淵子が病んで以来、結婚のことについてはぴたりと口を閉じていた。光秀との結婚を誰よりも喜んでいた父だけに、その落胆が思いやられてならなかった。

「あのう、お姉さま」

淵子の傍らに八重は腰をおろした。病状はすっかりおさまり、伝染の危険期は脱したものの、淵子は少し体を離して、

「何でしょう」

「本当は、お姉さまにはまだ内緒だと、お父上さまがおっしゃったのですけれど……」

「何をですか」

「……いいえ、何でもありませぬ」

あわてて八重は、かぶりを横にふった。

「わたくしに内緒のこと？……」

光秀に関することにちがいない。父は遂《つい》に破約を申し入れたのではないか。ひと月ののちに迫っている結婚を、そのままずるずるにしておくことは決して出来ないのだ。

「……よいことですのよ。でも、お姉さまは何とおっしゃるでしょうか」

八重は無邪気に凞子を見た。

「さあ？　わたくしに内緒のことでしょう。内緒のことにいいようはありません」

「お姉さま、お聞きになりたい？」

よいことと聞けば、知りたくはある。が、今の凞子には、そのよいことさえ知るのは恐ろしくもあった。

「いいえ。内緒のことを伺っては、お父上さまに申し訳がございませんもの」

「でも、お姉さまが黙っていらっしゃれば、教えてさし上げます」

「いいえ、よろしいことよ。お八重、わたくしはお父上さまが仰《おお》せになるまで、伺わないことに致します」

「あーら、つまらないこと。わたくしとお父上さまが内緒ごとをしたので、怒っていらっしゃるのですか？」

「いいえ、怒ってなどおりません」

凞子の目がやさしく微笑した。肌はあばたになっても、その整った目鼻立ちには変りはない。それだけに痘痕は一層痛々しくもあった。

「じゃ、お教えします。お父上さまには黙っていらっしゃって。どうせお父上さまも、すぐにお話しなさることですもの」

「あのう、お姉さま。わたくしお嫁に行くことになりました」

「まあ！　それはおめでたいお話ですこと」

「喜んで下さります？　お姉さま」

「それは喜びますとも、おめでたいことですゆえ」

「嬉《うれ》しいこと。お姉さまはお病気をなさったから、あまりお喜びにならないと思っておりました」

にっこりした八重の口もとがいかにも幼なかった。

「で、お八重、どなたさまのところに？」

「それが、明智光秀さまのところに」

「え？　光秀さま⁉」

はっと熈子は耳を疑った。が、次の瞬間くらくらと目まいを覚えて、片手を縁につ いた。八重はその熈子の驚がくには気づかず、じっと自分の膝頭《ひざがしら》をみつめたままいった。

「……」

「そう、光秀さまのところですって。お父上さまは、光秀さまのところにお嫁に行くのが、一番お家のためだと申しておられました」

「……」

「お姉さまはお病気になられたので、光秀さまのところにも誰のところにも、もうお嫁に行く気持はつゆほどもない。それでは長いこと許嫁だった光秀さまが、あまりにお気の毒だとお父上さまは申されました」

「……」

「お姉さまとわたくしは、よく似ておりますでしょう？　だから、わたくしがお姉さまの身代りになって行くのですって。それが明智さまにも、この妻木の家のためにも、一番よいことなのだそうです」

「……」

「お家のためになることなら、わたくし、喜んでお姉さまの身代りになって差し上げます」

八重は凞子の顔をのぞきこむように見た。涙の溢《あふ》れそうな姉の目がそこにあった。

八重はあわてて、

「あら、どうなさったの。わたくし、お姉さまの身代りになって差し上げますのに……」

「……うれし涙です。お八重があの方の奥方になることが……」

「まあ、本当？　それなら、わたくしも嬉しい」

八重は単純であった。体は大人でも、まだこの正月十四歳になったばかりの八重には、男女の間の情などわかろう筈がない。父範淵の立場で、何よりもお家が大事と諭されれば、八重はその通り素直に思いこむだけなのだ。

疱瘡などという恐ろしい疫病《えきびょう》にかかったのは、姉の不運である。しかも、こうして姉の顔を眺めれば、この顔で嫁入りしたい思いなどあろうはずがない。まだ心の幼い八重にはそんなふうにしか考えられなかった。八重の乳母は生涯結婚するふうがない。それをふしぎとも思わずに育った八重である。同様の感覚を姉に抱いたのも当然だった。何の悪気もないのだが、しかし、女としての目ざめのない八重のその幼さは、非情であった。非情であることに本人が気づかぬ故《ゆえ》に、それは一層非情であった。

「お八重さま、お八重さまはどちらでございますか」

母屋のほうで、八重の乳母志津の呼ぶ声がした。

「あら、乳母が呼んでいます。では、お姉さま、お大事に」

何のくもりもない晴れ晴れとした笑顔を見せて、八重は母屋のほうに立ち去って行った。

しばし凝然と縁にすわっていた澌子は、静かに立ち上がり、部屋に入って戸を閉じた。と、うすぐらい部屋の真ん中に、くず折れるようにすわった。

（八重が、光秀さまの奥方に……）

凞子にとって、それはあまりにも大きな衝撃であった。幼い時から光秀の妻になると信じて今日に及んだ凞子なのだ。事もあろうに、妹の八重に光秀を奪われるとは。

「人の世は苦じゃ」

つい数日前、妻木家菩提寺《ぼだいじ》の老僧から聞いた言葉が思い出された。人生に待っているのは、老いることであり、病むことであり、愛する者との別離や、裏切りによる苦しみであり、そして最後の死であるといわれたのだ。

「しかし、それらが苦であるのは真理を知らぬ無知から来るものでな。すべてのものは、刻々変化して行くものと知らぬからじゃ。生まれた者は死ぬ。若い者は老いる。健やかな者も病む。美しい花も散る。すべてが無常と知ること、それが真理を知ることじゃ。真理を知らねば、迷い苦しむも道理でな」

痘痕《あばた》のできた凞子の白い手をいとおしそうに取って、老僧は説いた。

（では、今のこの苦しみも、また刻々と変化して、いつかは消えるものではないか。苦が楽に変ることではないか）

いま凞子はふと、そんなことを思った。八重に光秀を奪われたと苦しむよりも、今の苦しみもまた、無常だと観ずればよいのではないか。

濃子は老僧の言葉を素直に信じたいと思った。が、今受けたばかりの心の痛手が、直ちに癒《い》えるはずもない。濃子は畳に打ちふし、声を殺して泣いた。

しばらく泣いているうちに、濃子の心は少し静まってきた。確かに悲しみにも移り変りがあると、濃子は再び老師の言葉を思った。

自分の病いが、疱瘡《ほうそう》とわかった何十日も前に、既に濃子は光秀を諦めていたはずだった。考えてみれば、八重が光秀に嫁ぐという夢想だにしなかった事実に、自分は心を傷つけられただけなのだ。自分が嫁ぐことができぬ以上、光秀が他の女性を娶《めと》ることは必定である。見も知らぬ他の女を娶られるくらいなら、自分によく似た妹の八重と結婚してもらったほうが、まだしも幸せというものではないか。

しかも、父は八重を濃子と偽って嫁がせる魂胆らしい。去年の夏一度会って以来、今日まで光秀は自分を見てはいない。光秀が八重をこの濃子と思いこんで、そのまま一生夫婦として終るならば、それはこの濃子自身を娶ったも同然なのだ。自分は光秀に捨てられたことにはならぬ。

それはともかく、父にとって、土岐氏の縁つづきである光秀との結婚は、重大事にちがいない。父としては、必死の思いで八重を光秀に輿入れさせるのだ。自分はこのままこの家に果てるとも、父をも八重をも決して恨んではならない。

「お家が大事……」

つぶやいた凞子はかすかに微笑《ほほえ》んだ。いや微笑もうとして、またもや涙が噴き上げた。

遂に、八重の輿入れの日が来た。五月晴《さつきばれ》のすがすがしい朝である。朝から馬のいななく声や、出入りする人々のざわめきがして、閉めきった離室《はなれ》にいる凞子の耳にも、母屋《おもや》のめでたい気配は伝わってくる。

八重から光秀との結婚を知らされた日の夜、凞子は父の口からも、その事について聞かされた。その夜離室に来た父は、

「言いにくい話じゃが……」

と、苦渋に満ちた表情で語り出した。

長い間待っていた光秀殿との婚儀の日取りまで決まったというのに、その直後思わぬ病気に倒れたそなたは不憫《ふびん》である。病名が知れては、直ちに破談になるであろうと、自分もいたく心痛した。今のところ家族と乳母、侍女のふくのほかには、いかなる病気か知らせてはいない。明智殿を偽るのは心苦しいが、八重をそちの身代りとして嫁

がせる決心をした。無論そなたの胸中を思うと、かくいう父も甚だ辛《つら》い。が、戦乱の世にあっては、良縁は一人のものではなく、一族の幸せにかかるものである。辛かろうが、納得してほしい。

範凞は諄々《じゅんじゅん》と説いた。それは八重から聞いた通りの言葉であった。既に覚悟していた凞子は、唇に微笑さえたたえて、両手をつき、きっぱりと挨拶《あいさつ》を述べることができた。

「お父上さま。どうぞ仰せのようになさって下さいませ。ご心労をおかけするような疱瘡になどなりましたのは、わたくしの不注意からでございます。八重が光秀さまに嫁ぐと伺って、凞も嬉しく存じます」

思いもかけぬ凞子の言葉に、

「そなたは……」

範凞は絶句して頭《こうべ》を垂れたが、思わずはらはらと落涙し、

「許してくれよ、お凞。お家のためじゃ」

「いいえ、お父上さま。おゆるしを頂戴《ちょうだい》しなければならないのは、この凞のほうでございます。凞はただ、明智さまと八重が幾久しゅうむつまじく、添い遂げられますよう、御仏《みほとけ》におたのみするばかりでございます」

十六歳の小娘とは思われぬ言葉に、範凞は感嘆していった。

「お凞。そなたをおいて、明智殿にふさわしい女はなかったのに……」

範凞にとって、凞子は八重よりも一段と愛すべき娘であった。聡明《そうめい》で素直で美しく、範凞の誇るべき存在であった。自分の名を一字凞子に与えていることも、ことさらにその愛着を深いものにしていた。その父の情がわかるだけに、凞子はいささかの愚痴も、恨みの言葉も口に出すことはできない。

母屋のめでたい賑《にぎ》わいを耳にしながら、凞子はいま、ふすまをぴたりとしめきって、暗い部屋の中にじっとすわっていた。健康状態はほとんど、もとに戻っている。こうして、暗い中にすわって、手も見なければ鏡も見ない限り、凞子自身以前の自分と何ひとつ変るところがないような気がする。

本来ならば、今日は自分が輿入れすべきめでたい日であった。幼い時から、胸に抱きつづけた花嫁姿になるはずであった。いかに聡明であり、心に諦《あきら》めを持ってはいても、まだ十六歳の乙女である。さすがに昨夜から心が騒ぎ、ほとんど一睡もしていない。

「お凞さま」

ひそやかに、ふすまの外で声がした。凞子より八歳年上の侍女ふくの声である。

「もし、お濖さま」

何度めかの呼びかけに、濖子はそっと、ふすまを三寸ほど開けた。

「何のご用？」

「はい……」

ふくは伏目のまま、

「あの、ただいま、お八重さまがお別れのご挨拶に伺いますとおっしゃってでございます。ご都合およろしゅうございましょうか」

濖子が疱瘡を患《わずら》って以来、ふくは濖子を正視しようとはしない。

「そうですか。八重の仕度はもうできましたか。では、お待ちしておりますと伝えておくれ」

「はい」

答えたが、ふくは立ち去ろうとはしない。

「どうしました、ふく」

「あんまり……あんまり……でございます」

「……」

「おいたわしゅうございます……ふくは……おいたわしくて……」

「ふく。心はありがたく思います。でも、おめでたい日に涙は不吉。八重のために喜んで上げなければなりません」

ふくは袖口《そでぐち》で目をおさえたまま、しばらく泣いていたが、思いなおしたように涙を拭《ふ》いて立ち去って行った。

ややしばらくして、ふくのあとに、母に手を取られた白いうちかけ姿の八重が、静かに離室に入ってきた。白い綿帽子をまぶかにかむっているためか、玉虫色の紅をつけた形のよい唇が、ひときわ可憐《かれん》であった。

「お姉さま、長いことお世話さまになりました」

板の間に、八重はきちんと両手をついた。

「お幸せに……」

自分のために整えられた白無垢《しろむく》を着た八重に、滌子は万感をこめて、ただひとことそういった。

「お姉さまも、お幸せに」

この自分に、何の幸せが残っているものかと思いながらも、

「ありがとう。大そう美しい花嫁姿ですよ、お八重」

と、嬉しそうに滌子はいった。その姉と妹のやりとりを、母の万は何もいわずに聞

いていた。

「では、参ります」

「お幸せに」

再び、熈子は同じ言葉を、同じ思いでいった。

母屋に立ち去って行く八重の姿を、縁に出て見送った熈子は、再びふすまを閉じて呆然《ぼうぜん》と部屋の中にすわった。八重の花嫁姿と共に、自分の心も自分の中から去って行ったような、そんなうつろな思いであった。

さぞや涙が出るであろうと覚悟していたが、涙も出ない。涙を流すには、余りにも苛酷《かこく》な現実であった。

二年前から、光秀のために織ったかたびらや袴《はかま》も、自分のために用意した幾枚かの小袖やうちかけや帯も、みんな八重の長持の中に納められて、今日明智城に運ばれて行く。熈子は自分自身も、せめて八重の侍女になってでも、光秀のもとに行きたいと思った。そして事実、今日限り自分はここに生きるのではなく、八重と共に光秀のそばに生きて行くような気がした。

「お立ちいー」

やがて凛《りん》とした声がひびき、緊張したざわめきが響いてきた。騎馬を先導に、輿《こし》や長持の数々がつづくのであろう。その様子を目に浮かべ、輿に乗ったであろう八重の姿を思いつつ、凞子は身じろぎもせずに、暗い部屋の中にすわっていた。

「八重、お幸せに」

つぶやくともなくつぶやいた凞子は、いまはじめて、嫁ぎ行く八重もまた哀れだと気づいた。今の今まで、光秀の妻となる八重を羨望《せんぼう》していた自分が、ひどく浅はかに思われた。

八重は八重という名を今日限り捨てて、凞子と名乗って生きて行かねばならぬのだ。光秀に凞子と呼ばれる八重は、果して本当に幸せであろうか。八重が凞子の名を名乗る以上、自分もまた、今日限り凞子の名を捨てなければならぬ。共に悲しい姉妹だと凞子はしみじみと感じた。

どのくらい経《た》ったことだろう。気がついた時には、邸内はいつしかしんと静まりかえっていた。

(尼僧《にそう》になりたい)

凞子はそう思った。どうせ凞子の名を捨てたのだ。今更八重の名を名乗ることもそらぞらしい。尼となれば、俗名を捨てて全く新しい名を与えられるだろう。

凞子はそっとふすまを開けた。人気《ひとけ》のない庭には風さえもない。ひどく静まりかえって、無人の邸《やしき》のようである。雲一つ浮かぶ空を見上げていると、ふいに涙が一筋頬をつたわった。

「ぴーひょろろ」

どこかで鳶《とび》の声がした。


寝苦しい一夜が明けた。昨夜も一昨夜も、ほとんど眠れなかったというのに、神経が異様に冴《さ》えている。光秀と八重の盃事《さかずきごと》の様子が目にちらついて離れない。諦めていたはずが、少しも諦めてはいないのだ。凞子はそのような自分があさましく思われて、一刻も早く尼僧になりたいと思った。

早速老師を招いて、尼になる相談をしたい。この丈なす髪を剃《そ》ったならば、この世への未練も断ちきれるのではないか。そう思った瞬間、凞子の視線が自分の手の甲に落ちた。あばたのある両手である。

凞子は蒔絵《まきえ》の手鏡をとって縁に出、いどむような視線で自分の顔をみた。頬に額に唇のそばに、点々とあばたが残っている。

（このような顔になっても、光秀さまへの思いを断ち切れぬ者が、たとえ剃髪《ていはつ》したとして、果して煩悩《ぼんのう》を断ちきれるものかどうか）

鏡を膝《ひざ》の上に置いた時だった。ばたばたと駈《か》けてくる足音がした。父の範凞であった。

「お凞」

範凞の顔色が変っている。

「いかがなされました、お父上さま」

「お凞、八重は戻されて参るぞ」

「えっ？　八重が⁉」

「うむ、明智殿のこの書状を見るがいい。明智殿は、明智殿はな、凞、八重がそなたの替玉であることに気づいたのじゃ。そして八重より事情を聞き、こうして書状を……」

入口に突っ立った範凞の、手も唇もわなないている。

「八重は後刻送り返される。たった今、明智殿の使者が、早馬でこの書状を届けてこられた」

「それでは、かわいそうに八重は……」

「うむ、是非もない。即刻父は明智殿に詫《わ》びと御礼に参らねばならぬ」

「御礼？　と申しますと」

「おう、肝腎要《かんじんかなめ》のことがあとになったわ。凞、明智殿はな、大したお方じゃ。これ、この書状を見い。予が許嫁《いいなずけ》せしはお凞どのにて、お八重どのには御座なく候《そうろう》、いかなる面変りをなされ候とも、予がちぎるはこの世に唯《ただ》一人、お凞どのにて御座候。いいか、お凞、いかなる面変りをなされ候とも……」

範凞は絶句した。

黒髪

凞子《ひろこ》が明智光秀の妻となって、二十年の歳月は流れた。

秋の日ざしが縁側の障子に明るい。その障子に、折々庭の木の葉の散る影が映って、静かな午後である。

凞子は布団《ふとん》の上に横になり、今もなお豊かなその白い乳房を、みどり児《ご》のお玉の口にふくませていた。お玉は十日程前に生まれて、ようやく肌の赤味がうすらいできたところである。凞子はそのお玉を、さっきから飽かず眺めていた。

(どのような一生が待っていることやら……)

煕子自身、生まれて以来三十六年、戦さに遭わなかった年は一度もない。この戦乱の世では、せっかく生まれてきても、いつ戦火の中に亡《ほろ》びて行くか予想もつかないのだ。

（明智に嫁いで、早二十年……）


煕子は昨日のことのように、婚礼の夜を思い浮かべた。

疱瘡《ほうそう》の痕《あと》のみにくい煕子を、父が恥じて妹の八重を身代りに輿入《こしい》れさせた。が、幼い時から煕子と許婚者《いいなずけ》だった明智光秀は、八重には手も触れずに返し、改めて煕子を娶《めと》ったのだった。


その輿入れの夜、光秀は床の中で、かすかにふるえている煕子を抱きしめていった。

「お煕。この戦さの絶えぬ今の世では、人が人間らしく生きて行くことは、まことにむずかしい。何よりも己《おの》が命己が身を全うするために、武士といえども、今日はあの主君に仕え、明日はこの主君に走る。

男と女のちぎりさえ、いわば戦略の具がならいとなっている。親が子を殺し、弟が兄にそむくこともしばしば。全く心をゆるす相手もいない侘《わ》びしい世の中とは思わぬか。

このような世の中で、わたしは幼い時から、許嫁《いいなずけ》のそなたを、自分の分身のように思って育った。政略とはかかわりなく結ばれた縁の故《ゆえ》でもあろう。わたしにとっては、そなたに代る何ものもなかった。

よいか、お凞。そなただけは、わたしの分身なのだ。そなたが病んだことは、即《すなわ》ちわたしが病んだことなのだ。そなたに疱瘡のあとができたことは、即ちわたしの体にできたも同然のこと。決して恥ずることはないぞ」

十八歳とは思われぬ静かな声音で、光秀は諄々《じゅんじゅん》と説いた。

ねんごろなその光秀の言葉を、凞子はくり返しくり返し、胸の中で自分に言い聞かせてきた。あの夜限り、凞子は光秀の命そのものになって生きてきたのだ。

光秀のその夜の言葉は、確かに真実であった。あばたこそあれ、聡明《そうめい》で、立ち居ふるまいの優雅な凞子を、単にいとおしむのみではなく、尊び且《か》つ深く信頼してくれた。武将にはそれが慣《な》らいの側室をも、光秀は決して置こうとはしなかった。凞子も無論、婚礼の日のことは片時も忘れず、光秀を敬愛して倦《う》むところがなかった。こと夫婦仲に関する限り、凞子は幸せな二十年を過してきた。が、決して平穏な日々ばかりではなかった。

「おや、もうよろしいの、お玉」

乳房を、その小さな口から離したお玉の顔を見やって、凞子はやさしく声をかけた。

お玉はすやすや眠っている。凞子はそっと衿《えり》もとをかき合せると、自分も再び枕《まくら》に頭をつけて目をつむった。

忘れもしない今から七年前、弘治《こうじ》二年四月二十日。美濃《みの》の国守《こくしゅ》斎藤道三《どうさん》はその息子義竜《よしたつ》に襲われて死んだ。勢いに乗じた義竜は、明智城をも襲って陥《おとし》れた。多勢に無勢である。

光秀は、父代りであった叔父光安と共に自刃《じじん》しようとしたが、光安は許さなかった。

「この不孝者奴《め》が！　お前が死んでは、明智家はここで絶えるではないか。草の根を噛《か》んでも、必ず生きのびて明智家を再興せよ」

光安はきびしく叱咤《しった》し、自らは切腹して果て、城と運命を共にした。

光秀は叔父の子光春と家人《けにん》数人、妻子を伴って、ひそかに城をのがれ、若狭《わかさ》に落ち、越前《えちぜん》に走った。今でこそ、こうして越前一乗谷《いちじょうだに》城主朝倉義景《よしかげ》に客礼をもって迎えられ、五百貫（五千石）の地を受ける身分となった。家人も侍女も置いて、日々の暮しに何の不自由もない。

が、浪々の日には、明日炊《た》く米のないこともあった。今でも凞子は、時折空の米びつに困惑する夢を見ることがある。城主の奥方から、一転して食うに事欠く生活を経験した凞子は、ほかにも様々な困苦を味わってきた。だから、今はいかに豊かになっても、決して贅沢《ぜいたく》はしない。

お玉が生まれても、乳母をおかなかったのは、昔を忘れなかったからであった。子供はわが乳で育てるべきだと、凞子は考えている。疱瘡を患《わずら》ったあとは、ほとんど病いにもかからず、凞子の体は健やかであった。

廊下に落ちついた足音がし、人影が障子に映った。凞子がハッと半身を起した。

「お帰りなされませ。今日はお早いお帰りで……」

客礼で迎えられている光秀は、出仕も人にくらべて自由である。

侍女に着更《きが》えさせたのであろう。着流しのまま、枕もとにひざを折り、お玉を見てから視線を凞子にもどして、

「寝ているがよい。無理をしてはならぬ」

と肩に手をかけた。

「いえ、もう起きましても、障《さわ》りはござりませぬ」

「いやいや。お凞。赤子を一人産むということは、女の一大事じゃ。産めば産んだで、眠る時間もそがれるであろうし」

横になった妻に布団をかけ、

「男には、真似《まね》のできぬことよのう」

とねぎらった。

「恐れ入ります」

「お熈、外は珍しくよい天気じゃ。だが、越前はすぐ雪がくる」

言葉にこそ出さぬが、美濃のおだやかな冬を懐《なつ》かしんでいるのだと熈子は察した。

「だが、お熈。いつまでもこの雪国に、そなたを置きはせぬ」

明智の血筋である土岐氏は、二百年守りつづけた美濃の国守の地位を、斎藤道三に奪われた。そして道三の息子義竜に明智城も奪われた。その美濃の地に夫は戻るつもりであろうか。

光秀は浪々の日に、諸国をめぐって軍学を身につけ、築城の技術を学び、武芸に励み、とりわけ砲術は衆にぬきんでる腕前であった。しかも思慮深く何事にも洞察力に富んだ人柄である。いつまでも朝倉殿の禄《ろく》を安閑と食《は》んでいるお人ではないと熈子は思う。必ず朝倉殿をも凌《しの》ぐ一国一城の主《あるじ》となるにちがいないと、熈子は夫光秀を信じていた。

「嬉《うれ》しゅうございます」

「だが、時は待たねばならぬ。再び、そなたに、あの大盤振舞はさせられぬからの」

「まあ、またそれをお言いあそばす」

であった。

澱子はちょっと顔を赤らめた。「あの大盤振舞」とは、夫婦二人だけに通ずる言葉であった。

それは、五、六年前のこと……光秀がまだ浪々の頃のことであった。浪人とはいいながら、文武に秀《ひい》でた光秀の周囲には、同じく志を得ない屈強の浪人仲間が、いつも幾人か集まっていた。

昨日は名もない素浪人が、今日は高禄をもって召し抱えられることの珍しくない世であったから、浪人といえども士気は盛んであった。この仲間が、順次当番となって酒宴を開くことになった。

光秀は諸国を足で歩き、軍略から築城までも広く学んでいたから、話題は豊富だ。が、金はなかった。親子が辛うじて、かゆをすすらんばかりにして生きている毎日である。幾人もの仲間を招いて馳走《ちそう》するゆとりは、何としてもできぬ相談であった。

当番が当ると、妻が病気だの、子供が熱を出しただのといって逃げてはいたものの、そういつまでも逃げてばかりはいられなかった。ある時、遂《つい》に止《や》むを得ず引受けるところとなった。引受けはしたものの、家に金のないのはわかりきっている。帰宅した光秀は、さすがにもの思いに沈んだ。

「殿、お顔の色が冴《さ》えませぬ。どこか具合でもお悪うございますか」

 凞子は不安気に光秀を見た。

「いや、別に変りはないが……」

 ものうげに返事をして、光秀はごろりと横になった。

「では、何かお案じなさらねばならぬ大変事でも起りましたか」

「うむ、実は、この次はわが家が仲間に夕食を馳走する番に当ってな」

 凞子はちょっと光秀の顔を見やったが、

「まあ、そのような些細《ささい》なことで、殿ともあろうお方のお顔が冴えませんでしたか。殿方はもっと天下の一大事にお心を使うもの、当番の宴は、凞がお引受けいたしました。何卒《なにとぞ》お心置きなくいらせられますように」

 凞子はにっこりと笑った。

 やがて、約束の当番の日がきた。家にいても光秀は落ちつかない。友人の家に行って時間をつぶし、夕方家に帰って驚いた。

 鯛《たい》の塩焼、大根の酢のもの、山いも、蓮《はす》、こんにゃくの味噌煮《みそに》、そうめんと貝の吸物などが、酒と共にずらりと並んでいる。膳《ぜん》や食器もどこから借りて来たのか、きちんと六人前の用意がしてあった。

 大いに面目をほどこした光秀が、その夜凞子にいった。

「お凞、何ともかたじけないことであった、礼をいうぞ」

「お言葉もったいのうございます」

「ところで今宵《こよい》の馳走は、いかにして手に入れた？　わが家には、金に代える物は何ひとつない筈《はず》、わしにはどうしても解《げ》せぬが」

不審がる光秀に、凞子は笑って答えなかった。

幾日か経《た》ったある日、どうしたはずみか、凞子のかぶっていた布が、光秀の前で頭から落ちた。あわてて凞子は布を頭に巻こうとしたが既におそかった。

「あ、お凞、その頭は⁉」

光秀が声を上げた。

室町時代には、束髪に子守りの手拭《てぬぐい》かむりのような向う鉢巻きの「桂巻《かつらま》き」が流行していたが、その頃になって、束髪の上から赤や紫の布で頭を包む風習があった。凞子が垂髪にしていたのは明智城に住んでいた時のことで、今は誰もがするように、いつも紫の布で髪を包み、僅《わず》かに額の生えぎわが見える程度にしていたから、光秀は凞子の頭の変化に、うかつにも気づかなかった。

「お凞！」

光秀は凞子の肩を抱きよせて、痛ましげなその頭を見た。曾《かつ》て疱瘡という熱病を患った割には、凞子の髪は豊かだった。その髪が、ほんの一つかみだけ残されていて、あとはぷっつりと切られているではないか。

「お凞、そなたは……」

光秀は凞子をひしと胸に抱きしめて、

「女の命の……その髪を、金に代えて……」

と、あとは言葉もなかった。夫の面目のために、惜しげもなく黒髪を切って金に代え、しかもそれを一言も告げない凞子の気持が、光秀の胸をしめつけた。

「髪はおろか、凞の命も殿のものでござります」

抱きしめる光秀の胸の中で、凞子は答えたのだった。

玉子に添寝する凞子に、今、光秀がいった「あの大盤振舞」とは、このことをさしているのだ。

「あの時のことを思うと、わたしはいつも、じっとしてはおれぬ気持になる」

「もったいのうござります」

今は、その時切った髪も豊かに伸び、思い出話とはなった。

「お凞、今日、朝倉殿のところで、よい御方《おかた》に会った」

光秀が微笑した。夫のとおった高い鼻筋、細く、きらりと光る目、輪郭のはっきりとしたややうすい唇、そして、とり乱すことを知らぬ落着きと、茶人のような静かな挙止。それらが、「水のように冷たい」と人に評させることにもなっているのを、凞子は知っている。が、笑うと言いようもないやさしさと親しみが、その口もとと目《め》尻《じり》の皺《しわ》に漂う。このやさしさこそ、夫光秀の本性なのだと凞子は思う。

「それはよろしゅうござりました。で、どなたさまにお会いなされました？」

「うむ、それが細川藤孝《ふじたか》殿じゃ」

「まあ、あの勝竜寺城の御城主の？」

「そうだ」

「あの名高い御方に……」

「うむ、聞きしにまさるお方じゃ。和歌には勿論《もちろん》、茶道にもすぐれておられることは知ってはいたが……。当代彼《か》の人の右に出る相剣（刀剣鑑識）家はあるまい」

感じ入ったように、光秀は腕組をした。端正な顔に似合わぬふとい腕である。

「とは申されましても、殿も博学、さぞかしお話が合ったことでございましょう」

「いや、わしなどの遠く及ぶところではないが、ふしぎにうまが合った。政治についても鋭いが、何か、とらえどころのない大きさがある。賢すぎるという、いわゆる小利口者ではない。非凡な方じゃ」

溌子には、何でも話してくれる夫の気持がありがたい。視線は時折お玉に行くが、一々熱心にうなずいて聞いている。

「ところで、面白い話を伺った」

光秀の唇にふたたび微笑がのぼった。

「まあ、どんなお話でございましょう」

小腰を屈《かが》めて、部屋の前を通り過ぎる侍女の影が障子に映った。

「うむ、細川殿は二十の頃まで、和歌には見向きもなさらなかったそうな」

「まあ、でも、あの細川様は和歌の道では、当代並ぶもののない御方……」

「その通り。二条家に和歌を学んで、古今伝授《こきんでんじゅ》を受けた歌道の権威だ。だが、今日の話では、和歌などは柔弱な者のもてあそぶものと、全く無関心であったらしい。それが、関心を持つようになったのは、二十の時であったか、戦場で一つのことに遇《あ》われたそうだ」

「何やら、面白そうでございますな」

黒い聡明《そうめい》なまなざしが、まっすぐに光秀に注がれた。

「ある時、敵を追って桂川まで馬を走らせてきたが、途中道を違えたためか、既に敵影はどこにも見えない。敵の乗り捨てた馬がいるだけだ。相手が馬だけでは戦さにはならない。いたし方なく帰ろうとすると、家来が駈《か》けよってきて、〈殿、なぜ帰られまするか〉と問うた。〈敵がいなければ戦さにはならぬ〉と言い捨てて、馬首をめぐらそうとすると、

〈殿、この古歌をご存じでござりましょう。

君はまだ遠くは行かじ我が袖《そで》の

袂《たもと》の涙冷えしはてねば〉

といった。が、細川殿には、一体何のことやら、さっぱりわからぬ。家来が、〈殿、おわかりになりませぬか。これ、この馬の背に手を当ててごらんなさりませ〉といったそうな。お凞はわかるであろう」

「はあ、それでは、敵の馬の背が、まだ冷えてはいなかったのでございましょう」

「そう、その通りじゃ。くらがまだあたたかく、汗で濡《ぬ》れてさえいた」

「では、その辺りに、まだ敵がひそんで……」

「うむ、土手のかげの田の中にかくれていたそうだ。こうして敵の首をあげ、功を立てることができた。それがきっかけで、和歌をはじめられたらしい。和歌は柔弱者のするものと思いこんでいたが、大まちがいであったと、そんなことをいっておられた」

「なるほど、それがきっかけで、勉強なされて……。それは面白うございます」

うなずく凞子に、光秀は、

「しかしな、お凞。わしは、この話は少しうまくできすぎていると思う」

「と、申しますと、これは細川様のつくり話……」

「さあて、それはともかく、和歌を顧みぬ者や、軽んじている者たちも、この話を聞けば、和歌に興味を持つであろう」

「おっしゃる通りでござります」

「軽んじていたものも、見直すことになる。とすれば、歌道の権威として、この道を広めるに、大いに役立つ話ではないか」

「確かに役立ちます。でも……」

凞子は軽く目を閉じた。何か思案する時に見せる表情である。光秀はいち早く察して、

「いや、お凞。わたしはいささか憶測したに過ぎぬ。何事にも、その中から真《まこと》を汲《く》みとらねばならぬことは、いつも申す通りだ。細川殿には、外との交渉にもすぐれておられることを言いたかったまで、心配はいらぬ」

光秀は笑った。光秀はいつも凞子に、このようにして語る。それが光秀には心ほぐ

れるひと時であり、濃子にはしみじみと夫の心の中に浸るひと時であった。

「今後とも、細川殿には、じっこんに願いたいと思っている」

「殿も和歌をなされますし……」

「いやいや、わしのは、ほんのたしなむ程度だ。だが、武将というものは、強いばかりでは一流の武将とはいえぬ。細川殿は、和歌、茶道のほか、絵も太鼓もそれぞれ名人の域ということだ」

「まあ、絵や太鼓まで」

「その上、われらの及ばぬところがある」

「殿も及ばぬところ？　と申しますと」

濃子はほつれ毛を、そっと小指でかきあげた。

「細川殿は将軍家と親しい家柄じゃ」

「代々、将軍の側近でいられるご様子は、よくお聞きいたしておりますが」

「いや、それだけではない。今日、殿の話では、細川藤孝殿は、義晴将軍の御落胤《ごらくいん》ということじゃ」

「まあ！　将軍様の？」

「うむ、母なる人は、公家《くげ》の清原宣賢《よしすけ》殿の娘御でな。身分は卑《いや》しくはないが……。それで細川殿は義輝将軍が義藤といわれた時の、藤の一字をいただいたという話だ。細川家には養子となったらしい」

「それは存じませんでした」

「まあそういうことだ。では、大事にせよ。お玉、健やかに育つがよい」

お玉のやわらかい頬をちょっとつつき、

「お凞、細川藤孝殿のところでも、今年三月に若殿が誕生なされたそうな」

「まあ、さようでござりましたか」

「お玉の話を朝倉殿がなさると、細川殿は、十幾年か経てば、双方、共に年頃じゃなといっておられた」

光秀は立ち上がった。こう言った光秀も、その言葉を聞いた凞子も、この細川藤孝の嫡子忠興《ちゃくしただおき》に、お玉が嫁ぐ日があろうなどとは、無論夢にも思わぬことであった。

永禄《えいろく》十二年。玉子、数えて七歳の正月である。既に、二年前父の光秀は、織田信長に召し抱えられ、今は京都奉行をつとめていた。

光秀は以前、朝倉義景に重んぜられていた。が、その光秀をそねんで、義景にざん言する者があった。光秀は朝倉と離れ、軍学塾を開いた。その教えの評判を聞いた信長が、五百貫（五千石）をもって、光秀を招いたのだ。

既に細川藤孝を通じ、将軍足利義昭に会って忠誠を誓っていた光秀は、将軍義昭が住む所もなく諸国を放浪しているのを見かね、細川藤孝と謀《はか》って信長に引き合わせた。美濃を平定し、勢いに乗じて天下を狙《ねら》いつつあった信長は、喜んで将軍を奉じ、京都に入った。この後、信長の将軍推戴《すいたい》に功のあった細川藤孝と明智光秀が、一層親密になったのは当然であった。そして細川藤孝もまた信長の配下となった。

そんな事情は、数えて七歳のお玉にはわかるはずもない。今、侍女たちと共に、お玉は嬉々《きき》としてお手玉遊びに興じていた。

「容貌《ようぼう》の美しきこと、たぐいなく」

「楊貴妃桜《ようきひざくら》を見るような、あでやかな美貌」

と記録に残っているお玉のその美しさは、七歳にして、早くも人の目を集めた。肩で切りそろえた豊かな黒髪は、侍女たちの中にあってもひときわ黒くつややかで、色白のふくよかなその頰、賢そうに見開いた切れ長な目、描いたような唇、玉子のいるところは、光をさすようなまばゆさがあった。

「なんと、お姫《ひい》さまのお上手なこと」

玉子は小さな手で器用に受けながら、お手玉をつづけている。目は真剣にお手玉に注がれ、小さな赤い唇が、かすかに開いているのも愛らしい。

「わたしの名前はお玉、だからお手玉が上手なの」

「まあ、頓知《とんち》のよいお姫さま」

侍女たちは顔を見合わせた。赤い小袖を着て、黄色い帯を結んだ姿は人形のように愛らしいのに、七歳とは思えぬ機知である。

「お母さまは、もっとお上手よ。早くお母さまがおいでになるといいのに」

ふいにつまらなそうに、玉子は手をとめた。

「大事なお客さまでいらっしゃいますから……」

正月の十日、奥座敷には細川藤孝が、和歌の仲間を連れて遊びにきていた。玉子の目がくるりと動いた。

「大事なお客さま？　どこのお方？　織田のお殿さま？」

織田信長は、半年程前に一度この家に泊ったことがある。その時は姉たちと共に、玉子も信長の前に挨拶《あいさつ》に出された。その時のはりつめたような家の中の空気を、玉子は幼いながら感じとっていた。

玉子はその時のことを思い出したのである。

「いいえ、織田のお殿さまではございません、お姫さま」

侍女たちは信長のことを口に出すだけで、不安な表情になった。額に青筋の浮き出た、いかにも癇《かん》の強そうな信長の、ぴりぴりとした神経が忘れられないからだ。

「わたし、あのお殿さまなら、ごあいさつに行くのに」

小さな手をついて挨拶をした玉子を、信長はひょいと膝《ひざ》に抱き、

「いい子じゃ」

と頰ずりをしてくれたのだ。

「大きくなったら、美しい嫁御になるであろう」

信長がいうと、玉子は頭を横にふり、

「いいえ、いくさに参ります」

と言って、信長を喜ばせた。そして、その信長のひげを引っぱった玉子に、光秀夫妻があわてても、

「よいよい。この子が男の子なら、頼母《たのも》しい武将になったであろう」

と、機嫌がよかった。

「お姫さま、今日のお客さまは、勝竜寺城のお殿さまたちですよ」

そう侍女がいった時だった。廊下を走る幼い足音がした。

「あら、どなたでしょう」

侍女の一人が障子をあけた。と、やや浅黒い、利《き》かなそうな男の子が走ってきた。

「与一郎さま、与一郎さま」

後を追ってきたのは、玉子の長姉の倫であった。細川藤孝の長子、与一郎忠興が、父に連れられて来ていたが、大人の間にすわっていても面白くない。見かねて、凞子が娘の倫と菊に相手をさせたが、十三、四になる娘と双六《すごろく》をしても、興が湧《わ》かない。そこで、廊下に出て走ってしまったのだ。

「まあ！　かわいらしいこと」

侍女が声を上げた。玉子が、

「どなた？」

と部屋から顔を出した。その玉子を見て、与一郎はびっくりしたように、立ちどまった。玉子も、自分より一つ二つ年上らしい与一郎を珍しそうに見た。

「お玉、細川様の与一郎さまですよ。ごあいさつなさい」

「与一郎さま？」

姉の言葉に、玉子は冷たい廊下にぺたりとすわり、両手をついて、ていねいに頭を下げた。与一郎はてれて、黙ったまま突っ立っている。

「与一郎さま、遊びましょう」

ものおじしない玉子は、にっこりと笑って誘った。

人形よりも愛らしい玉子を、与一郎はまぶしそうに見ていたが、

「女子《おなご》となぞ、遊んだことはない」

と首を横にふったが、立ち去ろうともしない。その与一郎に、姉の倫が微笑した。

「お手玉は？」

玉子が聞いたが、与一郎はぶっきらぼうに、

「したことがない」

「追羽子《おいばね》は？」

「たこなら上げる」

「たこあげ？　でも、外は寒いでしょう」

京都の冬は寒い。今日も朝から底冷えがして、雪がちらついている。玉子は庭に目をやって、ちょっと考えていたが、

「では指角力《ゆびずもう》をいたしましょう」

と、小首を傾けて、与一郎を見た。首を傾けると、黒い髪が肩一杯にひろがった。

指角力ときいて、与一郎はようやくうなずいた。

部屋に入ると、侍女たちが二人のために大きく場所を開けた。

「細川さまの若殿ですって」

「お丈夫そうな」

「さぞ、御立派な殿になられることでしょう」

「与一郎さま、お年はおいくつでございます？」

侍女は口々に、与一郎の機嫌をとった。

「七歳になった」

与一郎はにこっと笑って、指を七本立ててみせた。

「あら、わたしも七歳ですよ」

玉子の言葉に、侍女たちは、

「まあ、与一郎さまは大きくいらっしゃる。男の子だけありますこと」

とほめた。

「わたしだって大きい」

「それは、お姫さまも大きゅうございます」

侍女たちはあわてて言った。

「与一郎さまはお馬に乗るの？」

玉子が聞いた。

「一人では乗らない。父上と一緒に乗る」

侍女のむいて差し出した栗《くり》を、与一郎は頭をちょっと下げて食べた。その様子に侍女たちは、

「かしこそうな……」

とうなずきあった。

「じゃ、槍《やり》のおけいこも？」

「いや、木剣をふる」

「わたしも、もう少し大きくなったら、長刀《なぎなた》のおけいこをするのですよ」

栗を食べ終った与一郎に、玉子は無邪気に手を差し出して、

「では、指角力をいたしましょう」

というと、与一郎も玉子の手を握った。

手を握り合ったとたん、玉子も与一郎も緊張した顔になった。倫も侍女たちも、興深げに小さな二人を見守った。玉子の拇指《おやゆび》がしなやかに、機敏に逃げる。それを与一郎のやや太い指が追いかける。なかなか、つかまらない。与一郎は唇をかんで追うのをやめた。玉子の指が逆に与一郎の指をおさえようと動いた。と、その瞬間、

「あ！」

玉子が声を上げた。与一郎の指にがっちりとおさえられてしまったのだ。

「どうだ、参ったか」

「参りません」

与一郎は指に力を加えた。

「これでも参らぬか」

「参らないわ」

玉子は唇を歪《ゆが》めた。おさえられた指が、ぐみの実のように赤くなっている。

「参らない？　では、十を数えたら負けだ。一、二、三……八、九、十、ほうら、わしの勝だ」

「参らないわ。今にわたしが勝つわ」

おさえた与一郎の指から逃れようとして、玉子は必死で指を動かそうとする。

「負けぎらいだなあ」

大人のように言い、与一郎は指を放した。玉子は指の先をじっとみつめていった。

「おかしいわ」

「何がおかしい？」

「だって、わたし、侍女たちには一度も負けたことがないのに」

「侍女たち? ばかだなあ、そなたは」

「わたし、ばかじゃないわ」

「ばかだよ。侍女や家来たちは、わざと負けるものなのだ」

ハッと侍女たちが顔を見合わせた。

「まあ! 本当? おねえさま」

玉子は姉の倫を見た。

「本当だよ。侍女や家来はわざと負けるから気をつけろと、父上がいつもいわれる」

与一郎は平然と言い放った。

櫓《ろ》

琵琶湖《びわこ》の碧水《へきすい》が、夏の日を眩《まぶ》しく照り返している。

初老を過ぎた足軽平五郎の漕《こ》ぐ磯舟《いそぶね》に、お玉と侍女のおつなが並んですわっていた。

ふっくらとしたお玉の白い頬に、黒髪が風になびく。お玉は今年十二歳、おつなより五つ年下である。こころもち首を傾けて、お玉は今出て来た坂本城をふりかえった。

琵琶湖の水は坂本城の堀に引きこまれていた。その堀の一カ所が船着場になってい
て、そこからすぐ城の庭につづく。船は、その堀から出て来たのだ。

濃緑の比叡山《ひえいざん》を背に、そびえ立つ坂本城が、今日はひときわ美しく見える。その城
をふりかえるお玉を、平五郎は櫓を漕ぎながら、

（おとめさびられたのう）

と、心の中でつぶやいた。

「平五郎、今日は少し遠くまで行ってください」

お玉が平五郎の日焼けした顔を見た。

「いや、お姫《ひい》さま、お城に近い所でなければ、奥方様にお叱《しか》りをこうむります」

琵琶湖には、折々海賊が出る。岸を遠く離れては危険なのだ。

「平五郎は、叱られるのがいやか」

お玉が凜《りん》とした声でいった。

「は？」

虚を突かれて、平五郎は漕ぐ手をとめた。

「いやではございませぬが……」

「では、叱られるがよい」

お玉は突き放すようにいった。

「は、しかし、奥方様は遠くへ行ってはならぬと仰《おお》せられました故《ゆえ》……」

「母上は舟がこわいのです。姉上たちと同じように、弱虫なのです」

舟遊びを喜ぶのはお玉だけで、母の凞子《ひろこ》も、嫁いだ姉の倫も、菊も舟が嫌いだ。すぐに酔うのである。

「お姫さま、平五郎様の申すとおり、奥方様のお言葉には従わねばなりませぬ」

侍女のおつなが、やんわりといった。

「つまらないこと」

お玉は不承不承おつなの言葉を受け入れた。おつなの言葉には、お玉はふしぎにさからわない。

湖のおだやかな日には、母の凞子はお玉の舟遊びを許した。お玉は他の娘たちとちがって、物おじをしない。武将の娘は、お玉のような気性でなければ、この乱世を生きがたいのではないかと、凞子はひそかに思うことがある。長刀《なぎなた》を習うことが武家の娘のたしなみの一つなら、舟に乗ることも許してよいと、凞子は考えていた。それに、城の中だけに閉じこめておくより、外の生活も自分の目で見て育つべきだと凞子は思っていた。曾《かつ》て、夫光秀浪々の頃、共に苦労をした凞子らしい考え方であった。

「平五郎、わたしも漁師の娘に生まれたかったと思います」

「なぜでございます？」

平五郎は漁師の出なのだ。北条早雲や斎藤道三のような一介の素浪人が、一国一城の主《あるじ》になる戦国の世である。農民や漁師が武士になることは珍しくはなかった。

「だって、乗りたい時に自由に舟に乗れるではありませんか。ほら、今日もあのように、たくさん舟が出て……」

「姫。漁師は舟が楽しくて自由に乗っているのではありませぬ。魚をとらねば生きて行けぬ故、舟に乗るのでござります」

「ほんにお姫さま。そのとおりでございますよ。漁師は、天候の悪い日も、命がけで魚をとりに参るのです」

「命がけで？」

「は、悪天候の日に漁に出て、命を落す漁師も、年に一人や二人ではござりませぬ」

「でも、命がけは武士も同じこと。男は命がけで生きるものだと、わたしは思います」

その秀麗な眉《まゆ》に、利《き》かぬ気が漂った。おつなと平五郎は、そっと顔を見合わせた。

「まあ、きれい！」

お玉は二人の表情には気づかずに、彼方《かなた》の近江《おうみ》富士を指さした。入道雲が、近江富士の上に伸び上がるように突っ立っている。

「まこと美しき所……お、あれは初之助」

お玉に答えかけた平五郎は、ふと十間ほど向うの小舟に目をとめた。

「初之助？　初之助って、どなた」

「私共の総領奴《め》にござります」

平五郎は照れたように首を撫《な》でた。何を釣るのか、一人の若者が背を見せて糸を垂れている。

「ああ、都で武道の修行をしていられたとか……」

おつながいった。

「いえ、ただ木剣をふり回していただけで……」

言いながらも、舟は初之助の舟に近づいて行った。岸から百五十間ほど離れた所である。

「初之助」

すぐそばまで行って、平五郎が声をかけていた。無心に釣糸を見つめていた初之助がふりかえって、

「なあんだ、父上ですか」

と笑いかけたが、すぐにその顔から笑いが消えた。初之助と呼ばれた若者は、自分をじっとみつめているお玉に気づいたのだ。

「姫だ。お玉さまだ」

初之助は、ありありと驚きの色を浮かべている。お玉の頬に微笑が漂った。自分を初めてみる者は、必ずハッとしたように驚きの色を顔に現す。お玉にとって、それは幼い時から幾度となく経験してきたことであった。年少の者から、大人までが必ず示すその反応を、お玉は今また意識して微笑したのである。

「初之助、ご挨拶《あいさつ》を申し上げぬか」

年の頃十六、七と見える初之助は、ふっと目をそらした。

「礼儀をわきまえぬ奴《やつ》が！」

たまりかねた平五郎は、櫓をのべてさっと一突き初之助の体を突いた。

「あっ！」

声をあげたのはお玉とおつなだった。一瞬にして初之助の姿が舟から消えていた。

二人は初之助をのんだ湖水を青ざめて凝視した。

「あのような不作法者では、まだ明智家の侍にはなれませせぬ」

平五郎がこともなげにいった。

「平五郎、早く……」

初之助は浮かんでこない。お玉は不安気に平五郎を見た。平五郎はややしばらく沈黙していたが、

「死んだかも知れませぬ」

「死んだ？」

「多分。先程姫の申されました通り、男は命がけで生きる者、虚を突かれて水に落ちて死ぬような奴は、所詮《しょせん》戦さの用には立ちませぬ」

「死んでもいいのですか？　平五郎。自分の息子が……」

「かまいませぬ」

平五郎は微笑して、櫓をとると舟の向きを変えた。

「いけません。飛びこんで探してあげなければ……」

「ははは……」

平五郎は声高に笑い、

「今からでは、遅すぎましょう。姫、男は命がけで生きる者でござりまする」

と、再び哄笑《こうしょう》した。お玉は青ざめた顔をおつなに向けた。おつなも体をふるわせ、

「平五郎様、早く助けてさしあげねば……」

と哀願した時、

「ごろうじませ」

平五郎は浜を指さした。

「ま、あれは？」

二人は声をあげた。何と浜では、初之助が濡《ぬ》れた着物をしぼっているではないか。

浜に向って櫓をあやつりながら、平五郎は、

「初之助奴《め》にござります」

「いつ？　どうして？」

「姫が心配していられる間に、奴は、湖の底をくぐって泳ぎました」

「まあ！　では、それを平五郎は知っていましたか」

「もとより。初之助はこの湖で産湯《うぶゆ》をつかいましてな。幼い時から、しじみを取って家計を助けて居《お》りました。彼奴《かやつ》は陸の上より、水の中で多く育ちました。それにどうやら、間髪のまに体《たい》をかわすことも、会得《えとく》したようでござります」

二人は二の句がつげなかった。

舟が浜に近づくと、初之助が水ぎわに来てお玉たちの舟を砂浜に引き上げた。

「初之助とやら。泳ぎが上手ですこと。死んだかと思って、心配致しました」

舟から下りたお玉は率直にほめた。初之助はちらりとお玉を見たが、返事はしなかった。代りに平五郎がいった。

「そのうちに、初之助もお城に出仕つかまつります」

「まあ、本当ですか」

お玉はうれしそうに声を上げた。初之助はちょっと目をまばたき、浅黒い裸身を日の下にさらしたまま、腕を組んで突っ立っている。眉の濃い、きりりとした顔立ちである。おつなはまぶしそうに初之助の裸身から目を外《そ》らしたが、お玉は平気で、

「平五郎、この初之助は泳ぎはできても、口はきけないのでしょう」

「口はきける！」

初之助が言い捨てて、さっと砂浜を蹴《け》って去って行った。

「何を怒っているのですか。初之助は」

「申し訳ございませぬ。初之助は……」

姫がまばゆいのでございますという言葉をのみこんで、平五郎は額の汗をぬぐった。

夕餉《ゆうげ》のあと、光秀は義母のお登代と、妻の凞子、それにお玉を誘って裏庭の涼み台

に腰をかけていた。夏の空はまだ明るい。

夕空を映して、ひときわ輝いているであろう琵琶湖は、土塀に遮られて見えないが、湖からの風が、時折庭木の枝を揺すり、頬をなぶって行く。

「そうか。平五郎の総領息子は、そんなに泳ぎが達者であったか」

お玉の話を聞いて、光秀は静かに微笑した。父は大声で笑ったことがない。お玉はふとそう思った。

「頼母《たのも》しいことです」

お登代がうちわをゆったりと使いながらいった。

「でも、おばあさま、初之助は礼儀を知らないのです。わたしの顔を、こうじっと見て、会釈もしないのですもの。平五郎が怒って、水の中に落したのも無理はないのです」

「今に追々、躾《しつ》けられるでしょう。かんにんして上げることですよ、お玉」

やさしくお玉の頭を撫でるお登代の横顔を、光秀は感慨深くみつめた。幼い時から、亡《な》き母に代って自分を育ててくれた義母である。その口から出る言葉は、いつも人を慰め励ます言葉のみであった。実の母が生きていても、この義母ほどに自分を支えてくれる存在になり得たかどうかと、いつも光秀は思う。

(老い給《たも》うた)

いつしか肩のあたりの肉もうすくなり、体がひとまわり小さくなった。

「母上」

「何です？　光秀殿」

「明日、鳥羽口《とばぐち》に参ります」

「それは御苦労さま。また、出陣なさるのですか」

「一応、鳥羽口付近に待機しております」

「光秀殿は、戦さの巧者故、母は安心しておりますが、この暑いさなかに鳥羽へ参られることは大変なこと」

既に信長は、一向一揆《いっこういっき》を伊勢長島に攻めている。荒木村重も摂津《せっつ》中島に一向一揆と戦っていた。

「お父上さま。また、戦さにいらっしゃるのですか」

「うむ、お玉はおばばさまと母上のいうことを、よく聞いているのだぞ」

「はい。でも、つまらない。お正月にも、お父上さまは大和《やまと》に参られました。どうしてそんなに、いくさばかりなさるのですか」

「お玉は戦さが嫌いか」

「お父上さまは好きなのですか」

「いや、好き嫌いで戦さをしているわけではない。なさねばならぬ故《ゆえ》にしているのじゃ」

「父上の使命なのですよ、お玉」

それまで黙っていた凞子がいった。

「使命？」

「おつとめなのです」

「そうじゃ。そのつとめをするために、この城も与えられているのじゃ」

天守閣を仰いで光秀がいった。

坂本城は、信長の安土《あづち》城に次ぐ豪奢《ごうしゃ》な城とうたわれた。が、安土城はその時まだ築かれておらず、この二年後に完成した。つまり、光秀は当時第一の城に住んでいたことになる。なお、坂本城は、その道に秀でた光秀が築城した。

坂本城は、信長の最も手を焼いた比叡《ひい》の寺僧たちへの威嚇《いかく》と警視のために築かれたもので、この城が光秀に与えられたということは、信長がいかに光秀を高く評価したかを物語っている。

しかし、今、坂本城の天守閣を仰ぐ光秀の心は複雑だった。細川藤孝と共に、将軍義昭を信長に推戴《すいたい》させた功績は、確かに諸人《もろびと》の認めるところだった。が、その義昭も六年にして信長に追放され、足利将軍家は昨年亡《ほろ》びた。光秀の立場が、いささか複雑微妙なものとなったのは当然であった。

以前から一城の主《あるじ》であった細川藤孝とはちがって、光秀は浪人から引立てられた。軍略にも築城にも長《た》け、更に当代随一の銃術者といわれる実力者であったからである。たとい将軍家が亡びても、織田の臣としてとどまるだけの力量を備えていたのだ。

信長の光秀に対する心くばりも確かに並々ならぬものがあった。光秀の次女を、信長の甥《おい》、織田信澄に世話したことも、その現れの一つであった。恐らく、この時期が光秀の一生を通じて、最も信長に温かく遇せられた時であろう。だが光秀は、決して得意にもならなければ、不遜《ふそん》にもならなかった。

否《いな》、その心の底に、深い危惧《きぐ》をさえ持っていた。光秀は曾《かつ》て、将軍義昭とひそかに主従の誓いをなしていた。義昭が諸国を転々として、その居も定まらなかった不遇の時代であった。その縁で、将軍足利義昭を信長にひき合わせる結果になった。

いかに強くても、まだ信長一人では、天下へのおさえはきかない。衰微したとはいえ足利将軍を奉戴して京に入り、はじめて名実共に天下の織田信長になることができたのである。

義昭自身も、流浪《るろう》の身が二条第《にじょうだい》に入り、将軍としての輝かしい生活に入り得て、当初は甚だ満足していた。が、年月が経《た》つにつれ、自分が信長の傀儡《かいらい》に過ぎぬことを不満に思い、それが昂《こう》じて挙兵した。一度は天皇の仲介で和解したものの、再び兵を起し、そして昨年、足利幕府は逆に信長によって亡ぼされ、義昭は他に逃れた。

癇癖《かんぺき》の強い信長の感情は、秋空のように変りやすい。いつ、義昭を引き合わせた光秀を憎悪《ぞうお》するか、はかりがたいものがあった。その心変りの早さは、現に一昨日のことでもわかるのだ。

この坂本城には、信長の命により、昨年来軟禁されていた三淵《みつぶち》藤英がいた。藤英は細川藤孝の兄で、義昭の配下であった。配下であるが故に織田勢を敵として戦ったわけだが、それだけのことで、藤英自身、何ら信長に含むところはなかった。

信長自身もそれをよく承知していて、

「三淵は細川の兄だからな。命は助けてやるつもりだ。ほとぼりのさめるまで、預かり置け」

と、ひそかに光秀にいっていたのだ。それが、ふいに一昨日、三淵藤英には義昭と内通の疑いありとして、切腹を命じて来、この城の中で藤英はひっそりと死んで行ったのだ。

信長の命を三淵藤英に伝える時、つくづくと光秀はそう思った。藤英の正直温厚な人柄を知っているだけに、信長の処置は非道に思われた。

（いやな役目……）

（内通などするお人ではない）

誰もが、それを知っている筈《はず》であった。

藤英は、光秀から切腹の沙汰《さた》を聞くと、かすかに苦笑さえして、淡々といった。

「長い間、思わぬ世話をかけましたな。藤孝だけは何とか、生きのびて行ってほしいものだが……」

細川藤孝は三淵藤英の弟であり、将軍義輝の異母兄であった。

光秀は使者を遣わし、藤英の首を、ひそかに信長のもとに届けさせた。妻子は無論のこと、家臣のほとんどが知らぬうちに行われたこの藤英の切腹は、光秀の心に言いようもないやりきれなさを抱かせた事件であった。それは、戦場での死とはまたちがった非情な、陰惨な死であった。

光秀にとって、藤英の切腹は決して他人《ひと》ごとではなかった。信長には、いついかなる挙に出るか計り知れぬ冷酷さがある。坂本城を与えられたからといって、安心できないのも当然であった。

「そう、おつとめなの。いくさがお父上さまのおつとめなのですか」

お玉はつまらなそうにいい、

「漁師や町家の者は、いくさに行かずに、うらやましいこと」

と、やや大人びたまなざしで、堀の水に目をやった。

「うむ、お玉はもう子供ではないな」

「子供です、お父上さま。お玉はまだ十二ですもの」

「だが、小さい頃のそなたは、大きくなったら戦さに行くと、よくいっていたものじゃ」

「ほんにそうでしたなあ、光秀殿」

光秀の義母も、凞子も笑った。

「あら、そのようなことをいっていたのですか、わたしが」

「いっておりましたとも。お嫁には行かぬ、戦さに行くと、織田殿の膝《ひざ》に抱かれた時も……」

「まあ。でも、いまはいくさはきらい」

「ほんに、戦さはいやなもの」

凞子もつぶやくようにいった。

「どうして、そんなに戦さが嫌いになったのじゃ、お玉」

「人が殺されることがいやなのです。それに……」

お玉は言いよどんだ。

「それに、何じゃ？」

「人質のことが……」

「人質？」

「あのう……お父上さま、もし誰かを人質に出さねばならぬ時が参りましたなら、お父上さまは、一体誰を人質になさるのですか」

「……」

一瞬言葉を失ったが、光秀は静かに、

「そのようなことなど、考えたことはない」

と答えた。が、実はこれこそ、光秀自身、常々考えていることの一つであった。

「人質のことは、考えたことがないのですか。お父上さまは、きっとお玉を人質に出すだろうと、考えておりました。おばばさまはお年を召されたし、お母上さまも大事なお方。お姉さま方はお嫁に行かれたし、十五郎は幼くその弟は去年生まれたばかり、これではお玉が行くより仕方がありませんもの。そうではありませぬか、お父上さま」

「お玉、つまらぬ心配をするものではない。父は軍略がうまい。決して人質などに頼りはせぬ」

「ほんとう? お父上さま」

「本当ですとも。お玉、光秀殿には知恵がある。万一、人質入要の節は、このおばばが喜んで参る故、お玉は心配することはありませぬぞ」

「まあ、おばばさまは、よろこんで人質になられますの」

「なりますとも。光秀殿のお役に立つことなら、何なりとばばは喜んで致しますぞ」

光秀はついと視線を外《そ》らした。義母の言葉が真実であることを、誰よりも光秀がよく知っていた。

(この母者を、人質になぞ決して出さぬ)

光秀は堅く心に誓った。といって、お玉も凞子も、同様に人質に出来はしない。無邪気に暮していると思っていたお玉が、いつのまにか人質のことなどに心痛めていたと知って、光秀は不憫《ふびん》さがつのった。

(うかつな戦さは出来ぬ!)

しかし、乱世の今の世では、いつ、いかなる戦さで人質を要する時が来ないとはいえないのだ。光秀は思わず深く嘆息した。

雲から出た夕日が、今、比叡の峰に沈もうとして、庭に斜めにさしこんだ。淵子の片頰のあばたが、日にくっきり浮かんだ。そのあばたを玉子はじっとみつめた。

母のあばたは、小さい時から見馴《みな》れていて、格別奇異にも思わなかったのに、今日はなぜか妙に気になった。人質のことは、もはやお玉の念頭から失《う》せた。入り日に照らされている母のあばたにだけ、興味が集中した。玉子は、そのあばたを指でなでてみたい衝動にかられた。お玉はすっと白い指を母の頰にのばした。

「お母上さまのお顔は、でこぼこしておかしいこと」

今までは、子供心にもいってはならないと思っていた言葉を、玉子はつい口に出した。

「そうですか？　おかしいですか」

淵子は微笑した。が、光秀の顔色がさっと変った。珍しいことであった。

「お玉！」

きびしい声に、玉子はぎくりとして父を見た。たった今まで柔和だった父の細い目が、激しい怒りを見せていた。自分の言葉が、ひどく悪い言葉だったと、玉子は気づいた。

玉子はうなだれた。今にも父のこぶしが飛んでくるか、罵声《ばせい》が飛んでくるかと、膝頭がふるえた。が、父は一言も発しない。おそるおそる顔を上げると、父がまだじっと自分を睨《にら》みつけていた。玉子は肩をすぼめてうなだれた。

「光秀殿。お玉はまだ子供です。ゆるしてお上げなさい」

「お言葉ですが、母上。いってよいことと、悪いことがございます」

「しかし、明日は光秀殿も鳥羽に行かれること故……」

「母上。いつ、戦さに果てるかも知れぬこの身……なればこそわたしは父としてお玉にいっておかねばなりませぬ。勝手ながら母上、暫時《ざんじ》この場をお外しねがえませぬか」

「手荒なことはなさるなよ、光秀殿」

「いたしませぬ。母上、しばらくお濠と池の鯉《こい》でも見ていてくだされい」

二人が立ち去ると、光秀は再び無言となった。日は既に沈んで、静かな夕暮である。玉子は泣き出したい思いをこらえて、上目づかいにそっと父を見上げた。と、思いもかけず父の目にきらりと光る涙を見た。途端に、玉子は言いようもない不安に襲われた。父が涙を見せたことなど曾てなかった。自分の上に今何が起るのか、玉子には予測できない。不安とも恐怖ともつかぬ思いに、

「お父さま！」

玉子はわっと声を上げて、涼み台の上に泣きふした。が、それでも光秀は一言も発しない。玉子はますます声を上げて泣いた。

泣くだけ泣かせておいてから、光秀ははじめていった。

「お玉！　そなたは、自分のいったことが、よいことだったと思うか」

「……」

「お玉、そなたは自分を産み育ててくれた母の顔を、不様《ぶざま》だと笑ったのだぞ！　人間と生まれて、わが母を笑う子など、この父の子ではない！」

「……」

「そなたは、自分の顔が美しいと思って、傲慢《ごうまん》にも思い上がっているのじゃ。だがお玉、母はそなたよりも、ずっとずっと美しかった。その美しさも、気の毒に疱瘡《ほうそう》で害《そこな》われたのだ」

「……」

「よいか、お玉！　顔や形の美しさというものは、そのように害われやすいものじゃ。だが、父は母を美しいと思っているぞ。母は自分の顔がみにくくとも卑下はせぬ。卑下はせぬが、謙《へりくだ》った思いで生きている。謙遜《けんそん》ほど人間を美しくするものはない。その反対に、いくら見目形《みめかたち》がととのっていようと、お前のように思い上がったものほど、みにくいものはない！」

「……」

「お前の顔形も、この父が刀で切りつけたなら、たちまちみにくく変るのだ。お玉、そなたの傲慢をうちくだくために、今、その鼻と頬に、父が傷をつけてくれようぞ！」

光秀はぐいと、お玉の顔を上に上げた。玉子の顔が恐怖にひきつった。

「おゆるしを……」

かすかに口が動いたが、声にならない。そのおびえた顔をややしばらくみつめていた光秀は、

「わかったな、お玉」

いつものやさしい声に返って、玉子の顔から手を離した。玉子はしゃくり上げた。

「よいか。お玉は利口な子故《ゆえ》、父の今の言葉を忘れまいの」

「はい、お父上さま」

「今後、もし、母をのみならず、他の者のうわべを見て、先程のように笑うならば、父は決して容赦はせぬ。そなたをわが娘とは思わぬぞ！」

静かだが、一語一語に真実が溢《あふ》れていた。

「よいか。人間を見る時は、その心を見るのだ。決して、顔がみにくいとか、片足が短いとか、目が見えぬなどといって嘲《あざけ》ってはならぬ。また、身分が低いとか、貧しいなどといって、人を卑《いや》しめてはならぬぞ、お玉。人間の価《あたい》は心にあるのじゃ」

玉子はこっくりとうなずいた。玉子は今、はじめて心から父の偉さに打たれたのだ。満十一歳にも満たぬ玉子にも、父の言葉が順直に透《とお》った。玉子は心の底から自分を恥じた。

「女の第一の宝は、やさしい心じゃ。やさしい心の人間は、人を思いやることも、尊敬することも知っている。お玉はもっと、やさしい謙遜な人間にならねばならぬ。わかったな」

「はい、お父上さま、お玉が……お玉が……悪うございました」

「もうよい。わかったら泣くではない」

光秀はそっと玉子の背に手をかけた。やさしくいわれると、玉子は再び声を上げて、光秀の膝に泣きふした。

光秀は玉子の肩をおおう黒髪を撫《な》でながら、つい数日前、信長の城中で会った小谷《おたに》の方《かた》お市を思い出した。

伊勢の合戦に信長は出ている。その留守の城中を見舞に出向いて、光秀はお市に会ったのだ。

絶世の美女とうたわれたお市は一年前、夫の浅井長政を、兄信長との合戦で失った。夫の小谷城は落城し、夫もその父も共に自害して果てた。が、信長の妹であるお市とその三人の娘は、夫と兄信長のはからいによって救い出された。その時、夫浅井長政は、

「強い者は攻め亡《ほろ》ぼされることもあるであろう。しかし、美しい者は、敵も味方も亡ぼすことはできぬ」

と、お市を無理矢理説得して、信長の城に帰らせてしまった。信長もまた、

「美しいものは、自分で自分を亡ぼすことも許されぬ」

といったとか。その処置をほめたたえる人々の声を光秀は聞いている。そのお市の方が、数日前光秀にただ一言いった。

「明智殿。生きるとは、死ぬよりむずかしゅうござります」

その言葉を、光秀は身に沁《し》みて聞いた。夫を殺した兄のもとに、おめおめと生きて帰ったお市に、何の楽しいことがあるであろう。恐らく、お市は幼い娘たちの命を惜しむが故に、帰って来たにちがいないのだ。

お市の、愁《うれ》いを含んだ目を思いながら、光秀は泣きふしている玉子を見た。玉子はお市にも劣らぬ美女に育つであろう。が、美しいが故に玉子もまたお市のように、深い嘆きを見るかも知れない。父の欲目か、玉子は美しい上に利発でもある。その利発さが、美しさと相まって、ともすれば高慢に振舞わせる。幼い時から、美しい愛らしいと人々にもてはやされて育つうちに、美しさのみを最上とする人間になっては、かえって不幸を招く。その反省を光秀は玉子に叩《たた》きこんでおきたかった。

(己れのいかなるものをも恃《たの》んではならぬ)

光秀自身、その軍略も銃術も常識も、当代随一とうたわれている。が、いつそれらが己れに災いするか計り知れない。光秀は、再び心中深く嘆息した。

池のほうで鯉のはねる音がした。暮色がようやくあたりを包みはじめていた。

鉦《かね》の音

光秀と、光秀の従弟《いとこ》弥平次(後の左馬助《さまのすけ》光春)は、くつわを並べて、秋の日に照り輝く紅葉の中を、ゆっくりと馬を歩ませて行く。光秀は末娘の玉子を横乗りに、自分の前に乗せていた。その光秀の馬のくつわをとっている若者は、二年前に光秀の郎党となった初之助であった。他に供もない。

紅葉の名所である日吉《ひえ》大社の参道を外れて、彼らは右に馬を進めた。なだらかな長い坂道である。右手に青く澄んだ琵琶湖がひろがっていた。

「このあたりは、よくぞ焼け残りましたな」

弥平次がいった。張りのある大きな声だ。

「うむ。風の向きで焼け残ったのであろう」

信長は、六年前の叡山《えいざん》焼き打ちの折、寺ばかりか山を焼いた。いや、山だけではない。坂本の街まで焼き払った。町民たちには何の罪もないはずだった。

「お父上さま」

「うむ?」

「なぜ、お殿さまは、お寺や神社を焼き払いなされましたの?」

近頃、玉子の声に艶《つや》が出てきたと光秀は思った。艶が出たといっても十四歳である。

「それは、お玉、殿に従わなかったからじゃ」

「でも、仏罰や神罰が、お殿さまはこわくはないのでしょうか」

「ははは……。お玉どの。安土の殿には、神も仏もござらぬて」

笑ったのは弥平次である。

「まあ、神も仏も？」

「安土の殿は、いつも御自身を神だと仰《おお》せられてござるわ」

「ではなぜ、安土にお寺を建てられるのでしょう」

今年二月、信長は豪壮な安土城を築いた。近く、寺をその傍に建立《こんりゅう》したいと、信長はいっている。その話を、玉子もいつか耳にしていた。

「いや、仏など祀《まつ》りませぬ。殿は殿の御誕生の日を、参詣日《さんけいび》と定めるといっておられる。御本尊は安土の殿御自身だそうな」

「まあ。では人々は、殿を拝みに参りますの」

「さよう。殿の申されるには、その寺に参詣する者は、みな八十まで長命し、裕福となり、望みは何なりと、すべて満たされる霊験あらたかなお寺をつくられるそうじゃ」

「それはまあ大そうな御利益《ごりやく》のあるお寺ですこと。では、早く建ててくださればよろしいのに。そうなれば、さぞ健やかで、豊かな者ばかりが国に溢《あふ》れましょうに」

皮肉な語調で玉子はいった。蹄《ひづめ》の音が交々《こもごも》あたりにひびく。

「これ、お玉。言葉をつつしむがよい」

あわてて光秀がたしなめた。玉子は生来理に勝ったもののいい方をし、しかも驕慢《きょうまん》である。自分のように、絶えず人前を憚《はばか》る人間に、よくぞこのような娘が生まれたものと、光秀は内心小気味よく思うことさえある。

「だってお父上さま。お殿さまは、いくらお偉くても人間ではございませぬか。玉は、人間にお参りして、ご利益があるとはどうしても思われませぬ」

「……」

「お父上さまだって、今お参りする西教寺を復興なさったのは、御仏《みほとけ》さまを信ずるからでしょう？」

「理屈の多い子じゃな、お玉は」

光秀は苦笑した。

「でも、御仏と、人間とどちらが偉いかぐらい、お玉だってようくわかりますもの」

率直なのは、心の清いしるしだと、光秀は満足でもある。だが、この事は信長の面前ではいえぬことなのだ。

「その御仏も、日吉神社に守護されねばならぬとしたら、一番偉いのは大鳥居のある神さまの方でしょうか」

玉子は少女らしく、次から次から質問を発して行く。

どこかで、けたたましくもずが啼《な》いた。

「惟任《これとう》殿、安土から、京までの道は立派になりましたなあ」

弥平次が話題を変えた。

「うむ、見事なものじゃ。さすがは信長殿だ。なされることが早い」

今まで、信長が岐阜から京に上るためには、ほとんど琵琶湖を使っていた。安土から坂本まで船路、坂本から陸路で京に向っていたのである。信長が、坂本城に立ち寄るたびに、城中は緊張と不安に包まれる。

道路が立派にできた以上、今までのように度々立ち寄ることもあるまい。光秀にとって、気楽になった半面、物足りぬことでもあった。

「安土は今、普請《ふしん》が盛んで、人家がとみに増えておりますな。さぞ、殷賑《いんしん》をきわめる街になりましょう」

「京よりも？　弥平次さま」

「さて、それはわかりませぬ。しかし何分天下様のお城の街。しかも街のつくりも京都と同様にするとか。また来年は、楽市《らくいち》・楽座《らくざ》になるとかで、商人もさぞ多く集まってくることでしょうし」

「楽市・楽座？　一体何のことですか、父上さま」

「楽市・楽座か」
二頭の馬はゆっくりと西教寺に向って行く。路傍につづく野菊の紫に目をやってい
た光秀は、ちょっと思案したが、
「それはの、お玉。ほとんどの商売が、特定の大きな社寺の許可がなければ出来ぬこ
とを知っておるであろう。例えば糀《こうじ》や、塩は奈良の興福寺に金を納めて許可を得なけ
れば、商売はまかりならぬというようにの」
「ええ、存じております。大きなお寺やお社《やしろ》は、それでお金持なのだとか。何か商人
があわれに思われます」
「それにはそれの理由もあったであろうがの。楽市・楽座とは、その社寺の許可がな
くとも、自由に商売ができるようになることじゃ」
「まあ！　お殿さまは、何と情け深いお方！」
今しがたの皮肉めいた自分の言葉など、忘れたかのように、玉子は声を上げた。
「うむ……」
情け深いとは決して言い難い人柄だが、並優れた発想の持主とはいえる。それはし
かし、商人のためを思っての発想というより、社寺を富ませず、傲《おご》らせぬためとも思
われた。が、何《いず》れにしても、今までの長年の慣例を一挙に打ち破ることのできる者は、

信長をおいてはいない。その信長の果断はすぐれていると光秀は思っている。

弥平次が光秀に顔を向けていった。

「しかしながら、これでまた、方々の社寺に悶着《もんちゃく》が起きねば結構でございますが」

「利得にからまる問題は、むずかしいからの」

西教寺は、もう目の前にあった。三人は馬から降りた。しんと静まったあたりの空気に、本堂のほうから鉦を叩《たた》く音が聞えてくる。その音が、一層静けさを深めている。

馬を木につなぎ、更に少し急な坂道を登って、本堂の前に立ちどまった四人は、再び鉦の音に耳を傾けた。チーン、チーンと、間をおいてひびいてくる。静かだ。いかにも静かである。秋の日ざしの中に、鉦はひときわ澄んだ音を立てているようであった。

やがて、光秀がいった。

「……人間、この音色のように澄みたいものじゃが……」

「お父上さまは、澄んでおられます」

玉子はまじめな顔でいった。

「ほう、お玉の目には、父が澄んでうつるか?」

「澄んではおりませぬか」

「さあて。人間はなかなか、濁りの消えぬものじゃ。のう、初之助」

先程から黙々と従っている初之助を、光秀はかえりみた。無口だが、真実味のある初之助に光秀は目をかけていた。

「は……」

初之助はちょっと困ったように、短く答えた。弥平次が磊落《らいらく》な語調で、

「初之助は何歳に相成った？」

「十九歳でござります」

「ほう、十九歳か。では、そろそろ、もらうものをもらわねばならぬな」

初之助は顔をさっとあからめ、

「弥平次様がお一人のうちは、私奴《め》も一人で暮しまする」

「こ奴《やつ》！　いいおったわ」

弥平次は豪快に笑い、

「まことか！　今の言葉を忘れるな。俺は一生独りじゃ」

「されば、私奴も独り身にて終ります」

と、ちらりと玉子の後ろ姿に目をやり、うつむいた。が、玉子は目の前を行く黒い蝶《ちょう》に心を奪われていた。その初之助を、光秀は見て見ぬふりをし、本堂の前で草履を

脱いだ。

初之助を残し、三人は階段を登った。腰高障子を開けると、明るい外にいたせいか、一瞬中が洞穴のように暗かった。目が馴《な》れるに従い、正面の仏像の右手前に、背を丸めた老僧が小さな置物のように坐《すわ》って、撞木《しゅもく》で鉦を叩いているのが見えた。チーンと一つ叩いては、一度畳の上に撞木を休め、すぐにまた鉦を叩く。鉦は六角の黒ぬりの台の上に置かれていた。

一同の声を聞いても、老僧はふり返りもしない。無心にただ鉦を鳴らしつづけている。

（なるほど、不断念仏じゃ）

光秀は、ここにくる度に、そう思う。この寺は、千年近くも前に、聖徳太子によって開かれたが、後に真盛上人《しんぜいしょうにん》が日課六万遍の称名念仏をひろめて、西教寺を復興した。以来九十年、この念仏を称《とな》えつつ打つ鉦の音は、毎日毎時絶えたことがないという。

ここに来て、光秀はいつもふしぎな気持になる。自分たちが、血なまぐさい戦場を駈《か》けめぐっている時も、広いこの本堂に黙念と坐って、この老僧は念仏をつづけていたのかと思う。恐らく、この僧の一生は、南無阿弥陀仏《なむあみだぶつ》の六字を称え、鉦を鳴らすことだけで終るのであろう。その老僧の心の中はわからない。が、尊いことに光秀は思う。戦争、強奪、疫病《えきびょう》、災害などの絶えぬ世に、こんな一生を終る僧がいることは、言いようもなく尊いことに思われるのだ。

「あ！　これは、これは、御領主さま」

本堂の右手の障子が開いて、住職が平伏した。

「御来山を存じませず、まことに失礼いたしました」

「いや、用があればわしが出向く。わしは、この不断の鉦の音が好きなのじゃ」

「恐れ入ります。先《ま》ずはあちらで。お茶など一服差し上げたく存じますれば……」

「茶か。それは馳走《ちそう》じゃ」

三人は住職の案内に従った。

坂本城に移ると同時に、光秀はこの西教寺の復興に力を貸した。信長が比叡山を焼く時も、光秀は全山のために慎重な配慮をした。

後日、光秀の死後、天海僧正は光秀であるという説が出たのは、この光秀の配慮を憶《おぼ》えていた僧たちが、比叡山に光秀をかくしたという流説《るせつ》もあったためといわれている。つまり、住職の光秀に対する丁重さは、単に領主に対する尊敬の故《ゆえ》のみではなかった。

茶の木のある庭に面した十畳の座敷に通ると、若い僧が直ちに茶受けの干しなつめを運んで来た。つづいて薄茶が運ばれてくる。ここの茶室も、光秀から贈られたものだった。

作法も正しく、光秀は茶を服した。何をしても、光秀の所作は水際立《みずぎわだ》っている。弥平次も、玉子も光秀にならった。

「結構な服加減であった」

と茶碗《ちゃわん》を返して、

「御坊、人間には、さまざまな生きざまがござるな」

「仰せの通りでござりますな。田づくりに一生終る者、商人で一生終る者、病いの中に一生を終る者など、さまざまござりますが、殿のように華々しゅう戦って……」

言いかけるのを光秀は手で制し、

「いや、御住職、華々しく戦っているというより、何か男の業《ごう》に突き動かされて、戦さをしているような気がすることがあってのう」

「男の業? なるほど!」

弥平次が膝《ひざ》を叩き、

「しかし、その業があってこそ、真の男と思いまするが」

「真の男か……」

思案するように光秀はいい、

「お玉、退屈であろう。庭など散歩してくるがよい」

と、玉子に微笑を向けた。

「いいえ。お玉には何やらおもしろう思われます」

「おもしろい？」

「はい。だって、天子さまも人間でしょう？」

「うむ、やんごとなき貴き御方だ」

「同じ人間に生まれても、天子さまになったり、乞食《こじき》になったり、そしてまた……」

玉子はいいよどんだ。

「そしてまた、何かな、お玉どの」

明るい弥平次の語調に、

「……あの、女は業が深いといいますのに、殿御にも業があって……。何やら、お玉にはおもしろうございます」

「なるほど」

住職が相づちを打った。

「なぜ、お玉は女に生まれたのでしょう」

「前世の因縁じゃ。女がいやか、お玉は」

「いやではございませぬ。戦さに行かずにすみますもの。でも、口惜《くちお》しくも存じます」

「口惜しいとな？」

「はい。女は男より弱い。それが口惜しい心地がいたします」

「ははは……、お玉どの、その代り、女は男より美しゅうござる」

光秀はちょっと眉《まゆ》をひそめた。嫁いだ姉たちとちがって、玉子は明晰《めいせき》率直にものをいう。決して怖《お》じない。玉子を見ていると、女人もこのように、ものごとを考えて生きているのかと、驚くことがある。男より弱いのが口惜しいなどという女を、今まで光秀は見たことがなかった。

(利発というのか？)

確かに利発ではある。字の憶えは姉たちも及ばず、読書も好んだ。そして、これは姉たちになかったことだが、絶えず質問して倦《う》むことを知らない。

今、女は男より弱いのが口惜しいといったのも、単に腕力武力のこととは思われなかった。

「お玉、父はこれから、少し重要な話がある。庭の花など眺めてくるがよい」

光秀は促した。

「はい、では……」

素直に一礼して廊下に立って行く玉子を、住職は目で追いながら、

「この頃、また一段とお美しゅうなられた」

といった。

「いやいや、事々に理屈を申すので、閉口でな。知恵ばかりついては困りもの故、席を外させた」

光秀は苦笑しながらいった。

「ところで、何か重大なお話でも？」

住職は再び茶をたてながら尋ねた。

「いや、重大というわけではござらぬ。お玉を中座させる口実で……」

「それは、また……」

「口実で思い出したが、御住職、仏法では、嘘《うそ》も方便と申さるるが、われわれ武士も、嘘を武略などと申してな。言いのがれを持っておるわ」

「なるほど。近頃は私共僧籍にある者の中にも、堕落した者が目立ちますからな」

「それに比べると、百姓共の生活はのがれ場がない。何か不憫《ふびん》な気もいたすのう」

「そうかも知れませぬな」

「それ一つ考えても、武士などは、百姓たちの上にいて、何か勝手なことをしているような、いやな心持じゃ」

「いやいや、殿、弥平次はそうは思いませぬ。百姓共の生活にも、嘘や方便はござりますぞ」

「無論、それはあるであろう。しかし、それほどに罪深い嘘はいうまい。わしも時に、百姓共の生活が羨《うらや》ましくなることがある」

弥平次は、不満とも不審ともつかぬまなざしを光秀に向けた。

この年、正月に光秀は丹波の黒井城に赤井悪右衛門を攻めて敗れている。八上《やかみ》の波多野秀治に叛《そむ》かれたためだ。波多野秀治は、赤井と同じ丹波だが、最初光秀に与して戦っていたのである。

五月には、石山本願寺攻めの信長に従ったが、光秀は陣中で病み、しばらく京都で静養した。

こうした裏切りによる敗退や、陣中の病気が重なったことで、光秀の心に一つのかげりを落していた。だが、常に傍にいる従弟《いとこ》の弥平次にもわからぬほど、光秀の態度は変らなかった。

が、今日、光秀が、

「西教寺に参ろう」

といった時は、弥平次も痛ましい表情をした。一昨夜の安土《あづち》城での酒宴を思い浮かべたのである。

もともとあまり酒を飲めぬ光秀は、酒宴では、ともすれば座から浮き上がった存在となる。端然とした姿勢で、最後まで乱れない。大声も発しなければ、饒舌《じょうぜつ》にもならない。

一方、信長に酒乱の気味があるのは、今に始まったことでなかった。誰もが多かれ少なかれ、被害をこうむっている。が、今まで、光秀に対しては、なぜかあまり絡《から》むことをしなかった。

ところが、一昨夜は少し様子がちがった。信長は小袖《こそで》を肩ぬぎにし、金蒔絵《きんまきえ》の脇息《きょうそく》に寄って、大盃《たいはい》を傾けていた。飲むほどに、その癇癖《かんぺき》な青筋がこめかみに走り、その目が蛇のように一座の者の上に注がれていた。そしてその視線は、端然と姿勢を崩さぬ光秀に、次第に集注して行った。

「惟任！　これに参れ」

信長が光秀をさし招いた。

「はっ」

すすっと、足さばきも静かに、光秀は信長の前に平伏した。

「これを取らす」

信長は大盃を光秀につきつけた。

「は、ありがたき御意《ぎょい》」

盃《さかずき》は受けたが、光秀は困惑した。もう、自分の飲める限度を越えている。この大盃を体は受けつけない。が、その光秀にはかまわず、侍女はなみなみと酒を注いだ。

光秀は盃を捧《ささ》げたまま、思わずほうっと吐息を洩《も》らした。その吐息を信長は聞きとがめた。

「おのれ！　その吐息は何じゃ！　この信長の盃を受けられぬというのか」

「いえ、さようではござりませぬが、もはや今宵《こよい》は十分に頂戴《ちょうだい》つかまつり……」

みなまでいわせず、

「よい、その盃を干せねば、これを干せ！」

いきなり、信長は脇差《わきざ》しを引きぬき、光秀の鼻先につきつけた。一座にさっと緊張の気が流れた。

「殿！　御勘弁を！」

「刀がいやなら、盃を干せ！」

いたし方なく、光秀は目をつむって大盃を飲み干した。信長は、

「やはり命が惜しいと見えるわ！」

と、光秀を指さし、幾度も大笑した。光秀は満座の中でその嘲笑《ちょうしょう》に耐えた。今までにも、信長が酒席で他の者を面罵《めんば》したり嘲笑したりするのを幾度も見てきた。が、自分がこうも真っ向から嘲笑されたのは、これがはじめてであった。

これはしかし、後に光秀が信長から受けた数々の仕打ちに比べれば、きわめて小さなことであった。後の事だが、稲葉一鉄の家来が主家を出て光秀の臣となった。一鉄はこの家来を自分のもとに取り戻そうとしたが、彼は帰ろうとしない。光秀もまた、既に自分の家臣となったものを帰す気はなかった。元の主君に無理に返したところで、いかなる仕打ちに遭うか計り知れなかったからである。そこで一鉄は、信長を通じて、なおも返すことを迫った。

「一旦《いったん》わが臣となりし者、かばうが当然」

と、光秀は条理をつくして、信長に事情を説明したが、信長は立腹した。理は光秀にある。が、その光秀の常に理にかなった姿勢が、信長の癇にさわった。

「うぬ、このおれの命令にそむく者は、こうしてくれるわ」

不意に立ち上がった信長は、光秀のもとどりをつかんで引きずりまわし、足蹴《あしげ》にした上、脇差しをぬいた。光秀の女婿の織田信澄がその座にあって信長をとめ、光秀はようやく難を逃れた。

また、ある酒宴で、小用のために光秀が中座した時、二十名をこえる武将たちの面前で、信長はやにわに長押《なげし》の槍《やり》をとり、

「中座とは無礼な奴《やつ》め！　このキンカ頭、酒宴の興を破る気か！」

と、罵《ののし》りざま光秀ののどもとに突きつけた。キンカ頭とは、禿《は》げかけた光秀の頭を、信長が罵る時によくいったという言葉である。

このほか信長は、光秀の頭をひきすえて扇子で打擲《ちょうちゃく》したり、欄干に頭を打ちつづけたり、幾度むごい仕打ちを与えたかわからない。これが信長の、五十余万石の大名である光秀に対する仕打ちとして、いまだに記録に残っているところである。

が、これらは後の話である。

一昨夜の信長の態度は、今後に起る予徴のように光秀には思われた。何も自分だけがはじめて受けた仕打ちではないと知りつつ、光秀は不安であった。正月の戦いの敗れや、本願寺攻めの陣中の病気が、特に信長の気を害ねたとも思われない。何かがある。それが何か、光秀には不明なのだ。

光秀の軍略も、武芸も、他をぬきんでていたし、信長自身もそれを充分に知って大《たい》禄《ろく》を与えてくれている。昨年は惟任日向守《これとうひゅうがのかみ》に任じてくれてもいる。だが、どこか信長の光秀を見る目に冷たさが加わっている。その信長の心底がわからない。それが光秀には不安だった。

「殿、百姓の生活を、羨まれますか」

住職がたずねた。

「左様といっては、百姓の惨《みじ》めさを知らぬと、叱《しか》られようのう」

「殿」

大きく腕組みをして、何か考えていた弥平次がいった。

「うむ」

「百姓は所詮《しょせん》弱い者。吾《われ》らの世界は強さがいわば肝腎要《かんじんかなめ》。『男道《おとこどう》』こそ、吾らの生きる道と存じますが」

男たる者、先《ま》ず何よりも強くあらねばならぬ。それが男の面目である「男道」であった。強いことが、即《すなわ》ち善であった。豪放な弥平次には、光秀の今の言葉は、弱音としか思われない。それは、一昨夜の信長の前に大盃を受けかねていた光秀の姿にも、通じていた。弥平次は、この自分の主君であり、従兄《いとこ》である光秀に心服している。信長がいかに秀《すぐ》れた武将であろうと、光秀の知略も、決してそれには劣らない。強い上に教養がある。総合点では光秀のほうが上だと思っている。弱気になるなと弥平次はいいたいのだ。

「なるほど男道か」

光秀は微笑した。

「さようでござります。強く生きる。これ以外に男の道はござりませぬ」

「と、ばかりも思わぬが……。仏道にせよ、男道にせよ、選んだ道は極めねばなるまいのう、御住職」

「いずれにしろ、極めることはむずかしいことでござります」

「安土の殿は……」

弥平次はややぶっきら棒に、

「王道を極めて頂きたいもの」

めったなことをいってはならぬと、光秀は目顔でいい、

「信長殿は、男道を極めておられる」

と、きっぱりといった。いいながら、果してあれが真の男道かという思いがあった。

そして、弥平次のいった「王道」という言葉が、光秀の心にも、何かずしりと重いも

のに思われた。

既に「覇道」のみの時代は過ぎたのではないか。今は、「王道」を必要とする時代になりつつあるのではないか。光秀はそう思った。

その頃、玉子は一人西教寺の庭に出て、小菊や南天を見たりして、飽きることがなかった。

(人間の命と、鯉《こい》の命と、どちらが貴いのかしら)

ふっと玉子はそう思った。

足もとを、蟻《あり》が忙しく歩いている。知らずに踏んで歩いているこの蟻にも、命があるのだと玉子は思う。

馬のいななきが聞えた。玉子は馬が好きだ。馬の、あのやさしい澄んだ目が好きだ。じっとみつめていると、馬にも心があるような気がする。

玉子は小走りに本堂のほうに走って行った。と、本堂の階段の一番下に屈《かが》みこんで、初之助が一人、地面に何か書いていた。

「初之助」

玉子に呼ばれて、初之助はどぎまぎした。

「何をしていたの？」

「いえ、何でもありませぬ」

初之助はあかくなった。初之助は、小枝で地面に字をならっていたのだ。

「初之助。人間の命と、鯉の命と、どちらが貴いと思いますか」

「無論、人間の命だと思います」

初之助は無愛想に答えた。

「それは、人間がいうことでしょう。鯉に尋ねたら、鯉の命のほうが貴いといっていましたよ、初之助」

すまして玉子はいった。その玉子を初之助はまぶしそうに見た。

「では初之助。馬の命と、人間の命とどちらが貴いでしょう」

「馬にお聞きください」

怒ったように初之助は答えた。

「初之助、馬を買うのは、高いそうな。人の子を捨てる話はたくさん聞きますけれど、馬を捨てた話は聞きません」

玉子は大人びた表情を見せた。大名の家でさえ、弱い子は山に捨てかねなかった時代である。貧しさに耐えかねて、親は子を山に捨てていたのだ。

初之助は黙って、地面に「人の命、馬の命」と書いている。しっかりとした字である。玉子はすぐ傍に来てのぞきこみ、

「おや、初之助は字が上手ですこと」

あわてて、初之助は手で字を消した。

「消さないでも、いいではありませぬか」

「……」

初之助は立ち上がった。不断念仏の鉦《かね》の音が聞えるばかりの静かな境内に、玉子と二人っきりでいるのが息苦しい。といって、主君の姫を一人おいて立ち去るわけにもいかない。二年前、船の中で初めて玉子を見た日から、初之助にとって、玉子はこの世でもっともまぶしい存在なのだ。が、それは人にも我にもいうことのできぬ思いである。

「初之助。お玉の命と、初之助の命と、どちらが貴いと思います?」

玉子はにっこり笑った。今度はお玉に聞けとはいわぬであろう。そう思って笑ったのだ。

「同じでござりましょう」

初之助はにこりともしない。

「馬を見に参りましょう」

くるりと背を向けて、玉子が先に立った。長い髪が豊かに背にゆれた。小砂利を敷いた広場を出ると、やや急な坂道が少しつづく。両側に草の茂る小道を、いちょうや、けやきの大樹の枝がおおって、小暗い。虫が鳴いている。

先に立って歩いていたお玉が、ふいに立ちすくんだ。と思うと、

「蛇！」

と叫んで、飛びすさり、すぐ後について来た初之助にしがみついた。はっと初之助は身を堅くしたが、視線は玉子の指さす道を見た。五尺ほどの青大将がゆっくりと身をくねらせて、よぎって行く。

「心配は要りませぬ。青大将でございます」

青大将と聞いても、まだ玉子は、

「大きな蛇！」

と、初之助の胸にしがみついたままである。急に初之助の体がふるえた。十四歳とはいえ、玉子のしなやかな体が、今自分にしっかりとしがみついているのだ。初之助は両手をだらりと下げたまま、お玉を抱きしめるわけにもいかず、あえぎつつ突っ立っていた。

かぐわしい女の匂《にお》いが、初之助をつつんでいる。

「あの……もう、蛇は去りました」

「本当？」

玉子は初之助を見上げた。

「本当でござります」

初之助の声が、かすかにふるえた。今、玉子が自分にしがみつき、顔も近々と自分をみつめているのだ。十九歳の初之助には夢みる思いであった。

「ああ、こわかったこと」

玉子の手が初之助から離れた。初之助の体はまだふるえが止まらない。初之助は、泣き出したいような、叫び出したいような思いで、木の間越しに見える紺青《こんじょう》の琵琶湖を眺めていた。

縁

十一月二日、坂本ではみぞれが降っていた。夜には雪に変るかも知れない。

「母上、いかがでござろう。凞子《ひろこ》の病いは」

光秀は義母のお登代の顔を見た。侍女のおつなが二人の前に茶を置いて立ち去った。

「そうですのう……」

お登代の柔和に老いた顔もくもっている。

「やはり、むずかしゅうござりましょうか」

光秀は腕を組んで吐息をついた。

京都に所用があって、光秀は五日程坂本を留守にした。一昨日帰城したところ、思いがけなく妻の凞子が病床についていた。凞子が明智家に嫁いで、既に三十余年にな る。その間、床に臥《ふ》せったのは、産褥《さんじょく》以外この度がはじめてのことである。普段が極めて健康であっただけに、光秀の憂慮はひとかたならぬものがあった。

昨日は朝からつききっりで凞子の傍にいた。五日見ぬ間に、凞子はひどくやつれていた。疱瘡《ほうそう》の跡があるとはいえ、人並すぐれて白い肌がひどく黄色い。

「曲直瀬《まなせ》道三《どうさん》殿が来てくだされば……」

お登代はつぶやくように、凞子の臥《ね》ている隣室の襖《ふすま》に、そっと目をやった。曲直瀬道三は京都在住の名医である。今年光秀は、本願寺攻めの際石山の陣中で病んだ。そのあと、曲直瀬の診療を受けて全治している。

「は、曲直瀬殿には、昨日直ちに使いを出しております。忙しきご仁ながら、必ずこの坂本までお越しくださりましょう。それに、吉田兼見《かねみ》殿にも、同様迎えの者をさし向けておきました」

吉田兼見は闊達《かったつ》な人物である。従二位《じゅにい》の高官で神祇職《じんぎしょく》にあり、京都に住んでいた。かねてから光秀には少なからぬ好意を示し、坂本城にも、年に幾度も出入りしている。光秀にとって以前からの友人であるこの吉田兼見は、全国地方の神社に神位を授けたり、神職に位階斎服の許状を授ける権威を持っていた。当時の天皇や公家《くげ》大名は、病気にかかると吉田兼見を招いて、病気平癒の祈禱《きとう》を乞《こ》うていた。光秀が夏に病んだ時も、兼見はすぐに見舞にかけつけ、祈禱してくれている。

「おお、名医の曲直瀬殿と吉田殿がおいでくだされば、鬼に金棒、大丈夫でござりましょう」

お登代は、にっこりと光秀を見た。必ずしもこれらの二人にお登代が期待したからではない。あまりにも光秀の不安気な姿が、痛々しかったからである。

「しかし、あのように顔色が黄色くなっては……」

光秀は眉根《まゆね》をよせたまま、首を傾けた。黄疸《おうだん》になって死んだ者を、光秀はこれまで幾度も見て来ている。全く光秀は憂慮していた。妻の凞子こそ、光秀には唯一《ゆいいつ》の心の支えなのだ。

一昨日、京都から帰ってくる時も、この琵琶湖に突き出した坂本城を馬上に見ただけで、光秀の心はふしぎに安らいだ。それは、自分が精魂こめて築城した城であるということも、あったかも知れない。が、何よりも、その城に妻の熈子がいるということが、光秀を安らがせるのだ。熈子は常に、すべてを包みこむようなあたたかさと、決して裏切ることのない真実さで、光秀に対してくれた。

熈子の前では、謹厳な光秀も、ついのびのびとした思いになる。熈子には、いかなる自慢話をしようと、大きな夢を語ろうと、深くうなずき、興味深げに聞いてくれる。また、信長を批判しても、いかなる秘密を語っても、決して他に洩《も》らすおそれはなかった。人を出しぬいたり、裏切ったり、他を誹謗《ひぼう》したりする男の世界に生きている光秀にとって、熈子は、自分自身よりも信頼できる存在であり、その中に憩《いこ》うことのできる大きな存在であった。

その熈子が、思いがけぬ病いを得、一日のうち半分以上も眠りつづけているのだ。光秀の心痛が尋常でないのも無理からぬことであった。

「おばば様」

障子の外で、玉子のひそやかな声がした。

「お入りなさい」

「はい」

静かに障子が開いて、玉子が入ってきた。母の凞子が臥して以来、玉子は看病や家政に忙しい。

「何のご用です？」

「あの……また平五郎がしじみを届けてくれました」

足軽の平五郎は、初之助の父である。しじみは初之助が湖から取ってくるものだった。

「それはそれは。何よりの薬です。光秀殿、初之助はこの寒いのに、毎日湖の中に入って取ってくれております由《よし》」

「それはありがたい。初之助は珍しく誠のある若者ですのう、母上」

「ほんに、このみぞれの降る水の中に……。心がなければ決してできることではありませぬ」

玉子は黙って聞いていた。玉子も、初之助は口は重いが誠実な男だと思う。いつも庭を掃いたり、草をむしったり、少しの休みもなく、雑用にも心を配っている。だが玉子には、それが仕える者の、当然の姿としか思われない。

一カ月前、西教寺の境内で大きな蛇を見、初之助の胸にしがみついたことなど、玉子は忘れている。いや、大きな青大将であったことは記憶しているが、初之助にしがみついたほうは忘れているのだ。初之助が一生忘れ得ぬこととして、日に幾度も思い出すことを、玉子はきれいに忘れ去っている。それは、相手が身分の低い初之助であったからではない。たとえ相手が、弥平次光春であろうと、他の若侍であろうと、少女である玉子にとっては、どれほどの意味も持ってはいない。むしろ、大きな青大将を見たという事実のほうが、一大事であったに過ぎなかった。

「ではおばば様。今日もお母上様にしじみ汁を差しあげてよろしゅうございますか」

「申すまでもございませぬ」

「でも、お母上様は、毎食しじみ汁では、飽きられましょう」

「いえいえ。しじみは肝と胆の薬と、昔からいわれております」

「そのとおりじゃ、お玉。たとえ飽いてもよい。しじみ汁をつくらせるように」

「はい、かしこまりました」

玉子は大人びた表情を見せて静かにうなずいた。

凞子は光秀の浪人時代、髪を売らねばならぬほどの貧苦を味わった。それは、何不自由なく育った凞子にとって、全く想像もできない生活であった。ある時は近くの農家にやとわれて、田植えや稲刈りをさえも手伝った。その生活が熈子に人生とは何かを教えた。

大名の妻になっても、熈子はその浪人時代を決して忘れなかった。大名といえども、いついかなる環境に陥るかわからぬ時代である。熈子はその心づもりで、子女たちをきびしく躾《しつ》けた。機織《はたおり》などは無論のこと、掃除さえも侍女たちと共にさせた。その点、熈子は他の大名の奥方とはちがっていた。

手習、和歌、笛などを習わせることも忘れなかったが、体を鍛えることも決して忘れなかった。姫とはいえ、いつ山道を歩いて越さねばならぬ運命になるかも知れない。熈子の教育は、常に裸一貫を予想してなされた。そして、裸一貫が、この世の大方の人々の生き方であることも、熈子は娘たちに教えていた。台所で立ち働かすことも、日常のことだった。

玉子が、女たちに夕食の指示に立った後、従者が、吉田兼見の到着を知らせてきた。

「お？　はや、お見えくださったか」

光秀は義母のお登代と顔を見合わせ、いそいそと立ち上がった。

兼見の平癒祈願は四半刻《しはんとき》（三十分）あまりで終った。そのあとで、客間にささやかな酒宴が設けられた。給仕役は玉子と侍女のおつなである。常々接待役の弥平次光春は、今日は安土城に使いに出ていて、この席にはいない。

「本復は疑いござらぬ」

兼見は先程いった言葉をくり返して、玉子の注いだ酒をゆっくりと飲んだ。天皇をはじめ、公家大名と、つきあいの多い兼見は、如才のないもののいい方をする。

「ありがたきことで……」

光秀も先刻述べた言葉を再びいい、膝《ひざ》に手を置いて頭を下げ、

「女房の患《わずら》いというものは、このように身に応《こた》えるものでござるかのう。いや参りましたわい」

と苦笑した。

「さすがに明智殿は正直なお方じゃ。世の亭主たちは、なかなかそうは申せませぬて。のう、お玉殿」

しばしば出入りしている兼見は、玉子を肉親のように愛《いとお》しんでいる。

「いや、兼見殿。これは貴殿とわたしの仲だから申したまでのこと」

「とにかく、男にとって、よき女房を持つか持たぬかは、大きなちがいでござるのう。いずれにしろ、お凞殿ほどの女性《にょしょう》は珍しい。赤の他人のこのわたしでも、何か相談ごとを持ちこみたくなるお人柄じゃ」

「これは痛み入る」

光秀はちょっと首をなで、

「貴殿こそ、立派なご内室をお持ちではござらぬか」

「いや、あれは少し激しい性格で……」

吉田兼見は、従兄《いとこ》細川藤孝の娘と結婚している。

「あれの弟の与一郎が、よく似た性格でござってな。やさしいところはやさしいが、また短気というか、激越なところのある若者で……。だが、内府殿（信長）は、いかいあの者を気に入ってござる」

と、意味ありげに笑って、玉子を見た。

二年前、玉子が十二歳の時、織田信長は冗談のように光秀と細川藤孝にこういったことがある。

「そちたちの息子と娘は、同年じゃそうな。年頃になったら、娶合《めあ》わせるがよいぞ」

酒の席であった。藤孝は、

「与一郎奴《め》は、いまだ粗暴な童に過ぎませぬ」

「ははは、童も今に大人になるわ」

そうはいったが、信長も座興であったのか、その後、話を持ち出すこともなく、いわば立ち消えになっていた。光秀もまた、まだ玉子の結婚を考える気にはならず、この話は凞子の耳にちょっと入れただけで、玉子には語ったこともなかった。が、兼見はこの話を知っているようなふうであった。

「わたしも与一郎殿には、時折会っているが、藤孝殿とは少しちがいますのう。しかし、まだ十四や十五で、藤孝殿のように思慮分別があっては、むしろ無気味と申すものでござろう。若者らしい覇気があって、将来楽しみなご子息じゃ」

「いやいや、それほどでもござらぬ」

兼見が手をふったが、光秀はいった。

「何しろ与一郎殿は、十歳の時に実戦に出ておられる。さればこそ内府殿のお気に入りになられたにちがいない」

「まあ！　十歳の時に！」

それまで、神妙に耳を傾けていたお玉の唇から、驚きの声が洩れた。

「なに、実戦に出たと申しても、観戦でござるよ、お玉どの。かの天正元年、織田殿が義昭将軍を攻められた時のことじゃが、淀城《よどじょう》で豪勇な岩成主税介《ちからのすけ》古通と、細川家の下津権内《ごんない》とが一騎打ちをしたことがあっての」

「有名な話じゃぞ、お玉」

「その折、長岡監物《けんもつ》という大将の肩車になり、そのかぶとにしっかりとつかまって観戦していたのが、僅《わず》か十歳そこその与一郎よ。その時の、岩成の首が飛ぶのを、与一郎は泣きも脅えもせずに見ていたという話じゃったが、只《ただ》それだけのことでの」

「さすがに細川殿、文武両道にすぐれた御方だけあって、ご子息の鍛え方も徹底しておられるのう」

「お父上、わたくし、その与一郎様とやらに、お目にかかったことがござります」

明晰《めいせき》な玉子の口調だった。

「ほう！　いつ、どこでじゃ」

光秀が驚いた。

「京のお家で。たしかわたくしが七つの頃でした」

確か正月であった。父の細川藤孝と共に遊びに来ていた与一郎と、玉子は指角力《ゆびずもう》をしてたわむれた。

「おう、それはそれは」

と、吉田兼見は一人何やら打ちうなずいて、お玉をいかにも愛しげに見た。

「小父《おじ》さま」

玉子は無邪気に兼見を呼んだ。

「何でござる」

「小父さまは、さきほど母上の平癒をご祈禱くださいましたけれど、どこの神さまにおねがいなされたのでしょうか」

「うむ……。八百万《やおよろず》の神々でござるよ。お玉どの」

「八百万の？　小父さま、小父さまはお偉い神官さまですけれど、その八百万もの神々を全部ご存じですの？」

「こちらでは知らずとも、神々のほうでご存じじゃ。わが吉田の社《やしろ》の斎場には、全国の神々を祭ってござるからのう」

兼見は盃《さかずき》を片手に、大きな体をゆすって笑った。

兼見の四代前の吉田兼倶《かねとも》について、ある本には次のように書いてある。

〈天皇及び公卿《くぎょう》、あるいは将軍に、しばしば日本書紀を講じ、あるいは将軍義政の夫人日野富子に取入り、その勢力を自家の勢力拡張に利用し、あるいは神道管領長上など僭称《せんしょう》した。

吉田神社の境内に斎場を設け、これに全国三千余社を祀《まつ》り、遂《つい》に伊勢神宮の神霊がここに遷移《せんい》したと偽って、ここを日本最高の霊場にせんとするなど、大胆な企てを試みた。この遷移の問題は、結局失敗に終って、吉田家は徳川時代の終りまで、公然とは伊勢神宮に参拝することを拒まれる結果となった。

が、地方の神社に神位を授け、神職に位階斎服の免許状を授与することには成功し、

（中略）吉田家の勢力は全国に波及するに至った〉

この斎場は一時破却されていたが、兼見が再興したのである。だから、今、兼見が、全国の神々を祭っているといったのは、彼としては冗談ではなかったのだ。

「では、小父さまは知らない神々を祭っていらっしゃいますの」

「これ、お玉。またいつもの癖がはじまったの。失礼な口を利《き》いてはならぬ」

光秀がたしなめた。

「いやいや、これがお玉どののおもしろいところ。吾々《われわれ》とても、勉強になる」

兼見は機嫌よく、

「のう、お玉どの。そなたの申されるとおりじゃ。人間は本来、神を知らぬ。じゃによって、人の思い思いの神を神とした故《ゆえ》、八百万もの神々が日本にはできてしもうた」

「じゃ、人が神をつくりましたの、小父さま」

「そのような神が多い故に、日本中の神々を吉田山一ところにまとめたのじゃ。あまりに多くては、どの神には参り、どの神には参らぬという失礼なことになるが、吉田

神社に参れば、一度で神へのお参りは済んでしまう。全国の神々を廻る要はない。何と便利なことであろうが」

玉子はかしこ気《げ》に頭をかしげ、

「小父さま、小父さまはお玉がまだ子供だと思《おぼ》し召して、本当のことをお話ししてはくださいませぬ。先程、小父さまはひたいから汗を垂らしてご祈禱《きとう》くださいました。この寒い時に、汗の出るほどお祈りなさるのは、やはりまことの神さまがいられるからでございましょう。もっと本当のところを、玉は教わりとう存じます」

うなずきながら聞いていた兼見は、膝を打って、

「よう申された、お玉どの。もうお玉どのは、子供ではござらぬわ、のう日向《ひゅうが》殿」

と感じ入った。

「いやいや、まだまだ幼うござるが、どういうものか、お玉は神とか仏には、格別の関心を持っているようでの」

「それはまた奇特なことよのう。お玉どの」

兼見は、琵琶湖名物の鮒《ふな》の塩焼を口に入れて、

「神とはのう、実在するものじゃ。常住恒存、この天地のつくられる前より神はあった。神には、始めもなく終りもない。常に在るのだ。それを吉田神道ではのう、天地

間では神と呼び、万物に宿って霊という。お玉どのの中にも神は在る。それが人間の心じゃ」

吉田神道は唯一神《ゆいいっしん》を信奉する、かなり進んだ神観念を持っていて、全国の神の統一を思い立ったふしも考えられる。が、やはり汎神論《はんしんろん》に近いものであったことも否《いな》めない。

「人間の心が神でございますか」

玉子は解《げ》せない顔をした。

「一気未分の元神とか、万法純一の元初に帰するといっても、お玉どのにはまだわかるまいのう。おお、忘れるところであった。日向殿はご存じか。清原家には佳代《かよ》と申す女《め》があっての……」

兼見の父は清原宣賢（よしすけ、せんけん、のぶかたなど、幾通りもの呼び方がある）の次男だった。清原宣賢は公家《くげ》や僧侶《そうりょ》に経書を教え、後奈良天皇の皇太子時代の侍講であり、漢学国学に貢献した当時日本随一の儒者であった。その晩年、越前の朝倉家に出講し、一乗谷で病没した。光秀も朝倉家に仕えたことがあったので、その噂《うわさ》はよく聞いていた。なお、細川藤孝は宣賢の娘の子に当る。

「清原どのの？」

「さよう。その佳代が、ふしぎなことに、何とのうお玉どのの面ざしに似ておるのじゃ」

「お玉に？」

「いや、無論お玉どののほどには美しゅうござらぬが、しかし、きょうだいともいいたいほどに似ておりましてな。それがまた、えらい信心家でござるわ」

「おいくつになられる？」

玉子に似た娘と聞いては、光秀も興がふかい。目を細めた光秀の目じりのしわがやさしかった。

「十三歳だが、幼い時に両親がキリシタンになった。で、佳代も赤児《あかご》で洗礼を受けている。洗礼名をマリヤと申してな」

「おう！　では、キリシタンになられた清原頼賢《よりかた》殿のご息女か」

清原頼賢は宣賢の孫で、兼見や細川藤孝とは従兄弟《いとこ》の間柄になる。身分の高い公家である。

「ご存じか、明智殿も」

「細川藤孝殿に伺ったことがござった」

「なるほど。で、その佳代のことじゃが、佳代はキリシタンの養育会という会に入っておりましてな。まあ、熱心なことといったら驚くばかりじゃ。毎朝起きたらすぐに、京の近くの山を歩いて捨子を探して歩いてのう。見つけるとすぐに養育園に連れて行く。弱って生きる力のない子と見定めれば、養育園に神父を招いて洗礼を授けてもらう。こんなことばかりしてくらしている女子《おなご》じゃ」

「まあ！　十三歳でそんなお仕事を」

玉子は目を大きく見はった。

当時、体の弱い子は育たぬといい、山に捨てる風習があった。体の弱い子だけでなく、貧しくて育てられぬ子供も捨てていたようである。キリスト信者たちは、それらの捨子を集めては、養育会に入れて育てていた。

「さよう。お玉どのより一つ下じゃが、顔も似ていれば、信心の深いところもよう似ている。ふしぎなこともあればあるものじゃ」

「小父さま。玉は信心など深くはございません。ただ、本当に神や仏が在《いま》すのかと、ふしぎに思っているだけです。とてもとても、朝から捨子を探して山歩きをすることなど、思いもよりません」

玉子は首をふった。その謙遜《けんそん》な玉子の姿を、光秀は珍し気に眺め、

「吉田殿、その佳代どのとやらは、特別に生まれた方かも知れぬのう」

「かも知れぬて。この間も、さる大名からの縁談をきっぱりと断りましてのう。生涯、マリヤは嫁ぎませぬと父母にも答えたそうな。そして、捨子ひろいじゃ。雨が降っても雪が降っても、決めた山歩きは休みませぬ。もし、悪天候の日に捨てられた子があれば、生命も危ぶまれるとか申してな」

「ほほう。一生涯嫁がぬとな。それはまた、えらい決心じゃ」

「いやいや、二、三年もすれば嫁ぎとうなるぞと、わたしは笑っておりまする。何分まだほんの子供のこと、どれほどの決心もありますまい」

「小父さま、わたくし一度その方にお会いしてみたいと存じます」

酌をすることも忘れて、玉子はいった。自分に似た、自分より年下の娘が、キリシタンになって一生嫁がぬといっているのだ。どんな娘であろうかと、玉子はいたく心を惹《ひ》かれた。その清原マリヤが、まさか、二年のうちに自分の侍女となり、自分を信仰に導き、一生の苦楽をわかつ存在になろうとは、無論夢にも思わぬところであった。

曲直瀬道三の薬が効いたのか、兼見の祈禱の効があったのか、凞子の病いはその後半月を経ずに、見事に癒《いや》された。とにかく、

「本復まちがいなし」

といった兼見の言葉どおりになったのである。光秀の喜びは一通りではなく、自ら

吉田神社に礼に行き、兼見にたくさんの供物《くもつ》を献じた。

天正六年、元日の夜。光秀は一人、書院の机によっていた。

（命令とあらば逃れようもないが……）

今日、即《すなわ》ち元日、光秀は信長のお茶の会に招かれた。まだうす暗い寅《とら》の刻（午前四時）には、招かれた家臣たちが続々と、安土城につめかけた。

招かれたのは十二人、その中には信長の子信忠をはじめ、羽柴《はしば》秀吉、細川藤孝、丹《に》羽《わ》長秀、滝川一益《かずます》、荒木村重などがいた。

茶のあと、一同が順に、年賀の詞《ことば》を信長に述べ、酒が出された。信長は終始上機嫌で、光秀と藤孝にも、

「いつぞやすすめた両家の縁組はいかが相成った？　信長が仲介をしてとらせるぞ。隣国同士、今年中には親戚《しんせき》になるがよい」

と催促した。

光秀も藤孝も畏《かしこ》まって、その言葉を受けたが、内心驚いた。

今年、与一郎も玉子も十六歳になる。

（だが……）

と、いま光秀は考えている。確かに、与一郎は雄々しい若武者である。去年、松永弾正《だんじょう》久秀が信長にそむき、その家老の森秀光、海老名《えびな》弾正ら三千の兵が片岡城に籠《ろう》城《じょう》した。光秀、藤孝、そして筒井順慶がこれを攻めたが、この時の戦いは激しく、細川家の高名の勇士下津権内をはじめ、多くの士が討死し、また傷ついた。

この時、僅《わず》か十五歳の与一郎は、ひるむ味方の兵の先頭に立って敵の首を挙げ、士気を高揚した。信長はこの与一郎に、自筆の感状を与えた。光秀もその感状を、藤孝の披露で既に見ている。

「与一郎
　働、手がらにて候也《さうらふなり》　かしく
　をりがみ披見候。いよいよ働き候
　こと油断なく馳走《ちそう》候べく候。かしく」

松永弾正を敗北せしめたのも、与一郎の働きに負うところが大きい。信長は、息子信忠の忠の一字を与えて、忠興と名乗らせた。それほどの働きであったのだ。その勇猛さは、無論武将として賞《ほ》めらるべき長所である。にもかかわらず、光秀を逡巡《しゅんじゅん》せしめる何かが忠興にはあった。

それは、例えば昨年十月の丹波攻めの時のことにもいえた。丹波の平定を一任されていた光秀と、隣国の丹後の領主である細川藤孝は、常に提携しつつ戦っていた。

この時も、藤孝は与一郎忠興と共に、光秀を助けて戦った。そして細川藤孝は、亀山城に次のような手紙を書いて開城をすすめた。

「各々方《おのおのがた》は、内藤家には新参の者ではござらぬか。つい先日、城主の内藤氏も俄《にわ》かに病死したばかりである。これ以上信長と戦ってみたところで、決して長い間城を保つわけにはいくまい。各々方が吾らに降《くだ》るならば、信長にその由《よし》を言上し、決して悪くは取り計らわぬ。内藤家を全うすることも忠の道と心得られたし」

諄々《じゅんじゅん》と降服をすすめた手紙であった。が、亀山城を守る者たちは、これを受け入れず、三日三夜奮戦した。遂に、今まさに落城という時、降参を表明してきた。光秀は、城兵の投降を許して大手門の囲みを解こうとした。忠興は顔色を変えて光秀に詰めよった。

「日向殿。何故城兵の投降を許すのでござるか。わが父藤孝が懇切に書いた手紙を無視して手向った者共を、何も許す必要はござりますまい。この忠興は兵をひきいて、からめ手門から攻め入る故左様ご承知おきいただきたい」

眉宇《びう》に殺気を漲《みなぎ》らせた忠興の猛々《たけだけ》しい顔に、光秀はいささか圧迫を感じながらも、静かに制した。

「忠興殿、その気持はよくわかるが、しかし、敵は殺せばそれでよいというものではござるまい。戦わずに勝つのが真の武将じゃ。御父上の藤孝殿も、殺すよりは生かしたく思われて、あのようにすすめられたのじゃ」

「お言葉なれど、奴《やつ》らはその言葉を受け入れなかったではござらぬか。しかも三日も戦ったあげくに、今更助けてくれとは、恥知らずな奴ばらとは思し召さぬか」

「忠興殿、人間はのう、無駄に殺すより、生かして使えば使う道があるものじゃ。投降の意を表した者を殺して、何の武士の誉れとなりましょうや。戦う意志のない者を打ちとって、何の潔《いさぎよ》いことがありましょうや。忠興殿、投降者を許すことも、肝要な武士の道と心得られよ」

忠興はむっとした面魂《つらだましい》を見せていたが、それでもようやく光秀に従った。

こうして内藤一族とその臣達の降服を信長に報じ、亀山城は遂《つい》に光秀の城となった。光秀は内藤の家臣をことごとく自分の臣として、手厚く扱った。これによって、光秀、藤孝の評判は更に上がった。

だが、今、その時の忠興を考えると、光秀は玉子を嫁がせることに躊躇《ちゅうちょ》も感ずる。

(確かに頼母《たのも》しい婿《むこ》にはなるであろう……)

まだ十四や十五で、大人をも凌《しの》ぐ勇気がある。亀山城の一件も、年若いための一徹さであって、特別無思慮というわけではないのだ。

藤孝とは、この松の内に一度二人を見合わせようと話し合って、別れてきた。信長の命とあっては、嫁がせぬわけにもいかぬと、光秀は燭台《しょくだい》のゆらめく灯をみつめた。風もないのに、焔《ほのお》は右に左に揺れやまない。

(考えてみると、悪い縁談ではない)

世には、人質にやる思いで、娘を敵国に嫁がせる例も多い。藤孝とは、越前の朝倉家にいた時からの親友で、もう十五年ものつきあいになる。光秀の周囲に、藤孝以上に信頼できる人間はいない。その藤孝の息子に嫁がせるのだ。むしろ願ってもない良縁と喜ぶべきであって、何の文句もないはずなのだ。

何のことはない。自分の心の底を探っていえば、忠興にも、細川家にも何の苦情のあるわけではない。自分は、玉子を嫁がせるのが淋《さび》しいのだと、光秀は苦笑した。

いや、苦笑したつもりで、のどもとにこみ上げてくる熱い感情があった。

(ばかな!)

光秀は、両の目頭をおさえた。

一度他家へ嫁《か》したなら、めったに玉子はこの城を訪ねて来ることはあるまい。姉娘たちの結婚も、それぞれに淋しくはあった。が、この度の玉子の場合は、特別に愛《いと》しいのだ。他の娘たちは、父親の光秀には何も語らなかった。だから、何を考え、何を思って生きていたかを光秀は知らない。

が、玉子はちがう。玉子は幼い時から、父を恐れず、よく馴《な》ついた。自分の思いを、疑問を、いつも光秀に語ってきた。それが光秀の大きな慰めでもあった。

(惜しい)

光秀は、やや細ってきた燭台の火をみつめながら、深い吐息をついた。

ふと、光秀は初之助の顔を思い浮かべた。

輿《こし》入《い》れ

午下《ひるさが》りの日ざしが暖かかった。ふくいくたる梅の香りが庭にただよっている。

光秀や凞子《ひろこ》のうしろに立って、玉子も細川父子を見送りに出た。与一郎忠興は、十六歳とは見えぬ立派な体格を持ち、眉《まゆ》の秀《ひい》でた若者である。今、与一郎は食い入るようなまなざしを玉子に向けている。その激しい与一郎の視線を外して、玉子は与一郎の弟頓《とん》五《ご》郎《ろう》興元に静かな微笑を送った。

興元はちょっと顔をあからめ、顔を伏せたが、さっと一礼してくるりと背を向けた。

「では、失礼つかまつる」

細川藤孝が軽く礼をし、待たせてあった馬に近づいた。

「ご免！」

忠興はひらりと馬上の人となった。頓五郎も兄にならった。

「道中、お気をつけられよ」

深々と光秀は一礼した。

三騎が城門を出、伴《とも》の数騎が後につづいた。

馬蹄《ばてい》の音がまだ遠ざからぬうちに、城門は閉ざされた。初之助は無表情に太い貫《かん》ぬきをしめた。

「初之助。もう少し客人が遠ざかってから、門はしめるものじゃ」

弥平次光春が明るい声で注意して去った。光秀はちらりと初之助を見、戻りかけたが立ちどまった。

初之助は頭をちょっと下げたが、不満そうに弥平次を見送った。

凞子と玉子は、梅のほころんでいる木立に近よった。それを、光秀は目の端で捉《とら》え、初之助の傍に近より、

「初之助」

やさしい声音だった。

「は⁉」

初之助は頭を下げた。

「今の若者が、細川藤孝殿のご子息たちじゃ」

「は？」

「頼母《たのも》しい兄弟であろう」

「御意《ぎょい》にございます」

「あの兄弟の、兄がこんど玉子の婿殿《むこどの》となるのじゃ」

初之助はうつむいた。光秀は、

「めでたい話じゃ」

とつぶやくようにいって、初之助のそばを離れた。

初之助はうなだれたまま、その場に佇《たたず》んでいた。光秀の馬のくつわを取っている初之助に、光秀は常々親しく言葉をかけてくれるありがたい城主ではある。だが、今は何か腹立たしかった。

与一郎忠興と玉子の縁談は、初之助も既に聞いている。松の内に訪ねてくるはずの与一郎が、二カ月近く遅れて、梅の季節になったのは、玉子が風邪を引いたためであることも伝え聞いていた。初之助にとって、玉子は所詮高嶺《しょせんたかね》の花である。そのことは、誰よりも初之助自身が知っていた。初之助は玉子に対する想《おも》いを、誰にも打ち明けたことはない。玉子に対しても、つとめて無愛想にふるまっているつもりである。

が、その想いを、光秀は見透しているのではないか。見透しているからこそ、光秀ははっきりと、玉子と与一郎の縁談を、自分風情《ふぜい》に告げたのではないか。初之助は顔の赤らむ思いがした。自分の想いが、事もあろうに主君光秀に知られていた。そのことに初之助は羞恥《しゅうち》を覚えずにはいられなかった。

（そっとしておいてくれればいいのに）

光秀は非情だと思った次の瞬間、初之助ははっと気づいた。光秀は自分に、「あきらめてくれよ」といっているのだと、気づいたのだ。

光秀は決して、下郎の自分の想いを嘲《わら》ってはいない。蔑《さげす》んではいない。むしろ同情してくれているのだ。先程の光秀の声音には、その温かさがにじみ出ていた。初之助はふいにたまらなくなって木陰に身をかくした。

その初之助の姿を、光秀は、梅を眺める凞子と玉子の傍らに立って見ていた。光秀はいつか、玉子を叱《しか》っていったことがある。

「よいか。人間を見る時は、その心を見るのだ。決して、顔がみにくいとか、片足が短いとか、目が見えぬなどといって嘲《あざけ》ってはならぬ。また、身分が低いとか、貧しいなどといって、人を卑《いや》しめてはならぬぞ。お玉、人間の価《あたい》は心にあるのじゃ」

その思いは今も変らない。光秀には、浪々の頃、故《ゆえ》なく人に蔑まれた経験がある。身分のない自分の言葉は、いかに正しくても、賢くても、尊まれはしなかった。光秀は初之助の心の動きにも、無関心ではないのだ。

「さすがに春の日ざしよのう」

光秀は、傍らの漑子にとも、玉子にともなく声をかけた。

「ほんに卯月《うづき》のようでございます」

玉子は、父の言葉が耳に入らぬのか、黙って梅の花を見つめている。

「あの……年々同じ花が咲くと思って、それが何とのう、ふしぎに思われて……」

玉子はめずらしく語尾を濁した。

「うむ」

「でも、人は同じ場所に、来る年もいるとは限りませぬ」

「なるほど」

将来の夫細川与一郎に会った玉子の胸のうちが、光秀にもわかるような気がした。

「お母上さま、倫姉さまも、嫁がれる頃に、よく庭の小菊をごらんになって、花は年々同じところに咲くと、おっしゃっていられました」

「そのことは、母も知っておりますよ。お倫は毎年この坂本城に咲く小菊が、うらやましいといっておりました」

緋《ひ》の毛せんを敷いた縁台に、三人は腰をおろした。日ざしがまともに背にあたたかい。光秀は二人の言葉を心にとめながらいった。

「お玉、与一郎殿はいかがであった?」

「……」

玉子は小袖《こそで》の袂《たもと》に右手をさし入れてうつむいた。羞《は》じらっているのかと、光秀は、

「どうじゃ、よい若者であろうが」

「わかりませぬ」

きっぱりと玉子は答えた。

「わからぬ?」

「はい。玉はただ、与一郎さまにお菓子を差しあげただけでござりますもの。お父上さま、一目で人がわかりましょうか」

細川父子三人は、通りがかりに坂本城に立ち寄ったという気軽な訪問の態《てい》にしたの

だ。

命ぜられて玉子が、菓子を運んだ。玉子が部屋に入った時、与一郎忠興の顔に血がかっとのぼったのを光秀は見た。と同時に、二つ年下のその弟の興元が、兄以上に緊張した表情で玉子に目を奪われているのを見た。当の玉子は、その挙止もすずやかに、落ちついて何の乱れもない。細川藤孝にも与一郎兄弟にも静かな微笑を見せていた。

「お玉どのは、和歌を好まれるか」

柔和な笑みを浮かべた藤孝が尋ねた。藤孝と玉子とは、これまで幾度か顔を合わせている。

「はい。詠《よ》むことはできませぬけれど、人さまのお作を拝見するのは好きでございます」

玉子はつつましく答えた。

「それは結構。この藤孝も和歌が好きでの。して、お玉どのはどんな和歌がお好きかの」

「はい、いろいろござりますけれども……」

「百人一首の中では、どの歌をお好みか」

「はい、恵慶《えぎょう》法師の歌に心ひかれます」

「ほほう、若いに似合わぬお好みじゃ」

明らかに藤孝はおどろき、光秀に尋ねた。

「日向《ひゅうが》どのは、このお玉どのの好みをご存じか」

恵慶法師の歌は、

八重むぐらしげれる宿のさびしきに
人こそ見えね秋は来にけり

という歌である。葎《むぐら》が茂り放題に茂っているだけでも、この宿は淋《さび》しい。それなのに、人はひとりとして訪ねては来ず、秋だけは来たものよという感慨をうたっている。百人一首には恋の歌も数多いというのに、まさか十六歳の小娘が、このような歌を好むとは、細川藤孝も意外だった。藤孝は三条西実枝《さんじょうにしさねえ》を和歌の師とし、古今伝授を承《う》け、二条流歌学の権威とうたわれた人物である。歌の好みを尋ねたのも、おざなりの質問ではなかった。

「お玉が好みそうな歌ともいえるが……」

物怖《ものお》じせず人に問いかけ、小気味よくものをいう玉子には、それだけにまた、深く人の世について考えることを、光秀は知っていた。今の玉子は、恋よりもむしろ、こうした孤独の境に惹《ひ》かれるのかも知れない。いや、それが玉子本来の資質かと、この頃光秀は思うこともある。

「なるほど」

一礼して部屋を出て行く玉子を、藤孝は見送りながら、深くうなずいた。

今日玉子が忠興に会ったのは、この時と、あとは今しがた見送りに出た時だけである。忠興をわからぬといったのは、当然のことでもあった。

頭上に鳶《とび》の声がした。その声のほうを見あげながら、玉子は光秀を呼んだ。

「父上さま」

「うむ」

「右府さまからのお言葉である以上、とにかく嫁がねばならぬのでござりましょう」

「まあ、そうであろうの」

「ならば、忠興さまがどんなお方であろうと、嫁がねばなりませぬ」

「……」

「お姉さま方も、みな、このようにして、嫁がねばならなかったのでござりましょう」

「お玉は忠興どのが嫌いか」

「いいえ。嫌いも好きもございませぬ。女はみなこのようにして、好きも嫌いもわからぬ人に嫁ぐのかと思うと、それが口惜《くちお》しゅうござります」

玉子は正直であった。

「お玉」

黙って聞いていた熈子がいった。

「はい」

「女ばかりではありませぬ。殿方もまた、好きも嫌いもわからずに娶《めと》られるのですよ」

「殿方も？」

はっと気づいて、玉子は、

「なるほど、ほんに殿方も同じこと……。それでは、お互いに好きも嫌いもわからぬ者同士が、親や殿のいいなりに、夫婦《めおと》にならねばならぬのでございますか。父上さま、お玉はなおのこと、嫁ぎとうはござりませぬ」

「そんなことを申して、お父上を困らせるものではありませぬ」

「でも、母上さま。母上さまは、父上さまに望まれて明智の家に嫁がれました。お玉も、そのように望まれて嫁ぎとうござります」

一途《いちず》な玉子の声には、かなしい響きがあった。

「お玉、お玉の申すことは、父にもわかる。しかしのう……」

いいよどむ光秀を玉子は見て、

「父上さま、お玉がわるうござりました。お玉は死んだつもりで参ります。お倫姉さまも、嫁ぐことは死にに行くことと申しておられました」

「なに⁉ お倫がそのようなことを申したか？」

長女の倫は、無口で何の自己主張もしない娘に見えた。いつも、おだやかな微笑をたたえて、一度として、わがままらしいわがままをいったことがない。光秀は、その倫の気品ある花嫁姿を目に浮かべた。

「はい。お倫姉さまは、そう申されて涙ぐんでおられました。女にとって結婚は、武士が戦場に行くのと同じこと、死にに行くのですよと申されて……。でも、お玉は死にとうはござりませぬ」

光秀は黙って目をつむった。人形のように、いつも変らぬ表情を見せていた長女の倫のけなげな心に、はじめてふれた思いで、いじらしくてならなかった。

戦乱の世は、男にも生きがたい世ではある。しかし、男にとっては、槍《やり》一筋で一国の主《あるじ》になる望みもある。志ある者には生甲斐《いきがい》のある世ともいえる。だが、女たちはただ、その男の生きる道具に使われるに過ぎぬ存在である。その女たちを、哀れと思うことさえ、男たちは知らない。そして、この自分にも、そうした思いやりは少なかった。

お倫を荒木村次に嫁がせた時も、運のよい娘よという思いのみがあったような気がする。もしも曾《かつ》ての浪々の日であったなら、到底わが娘を名ある武将に嫁がせることはできなかったと、思ったものであった。

(女には女の心がある)

その当然なことを、今また、玉子に突きつけられた思いであった。

死ぬ思いで嫁いだ倫の心のうちを、これ以上考えることに、光秀は耐えられなかった。

「お玉」

「はい」

「人間は所詮死ぬものじゃ」

「……」

「死ぬつもりで生きるところに、本当の生き方があるのかも知れぬ」

「……死ぬつもりで生きるところに？」

「うむ、父たちも、いつの戦さで死ぬかわからぬ日々なのだ」

「母上さまも？」

「同じことですよ。お玉、武人の妻は、死を抱いて生きているようなものですよ」

「お玉、小谷《おたに》の方《かた》お市どののことを知っているであろうが」

「はい、右府さまのお妹さまで、評判の美しいお方とか」

「淋しい日々を過しておられる」

熈子はうなずいて、

「いかばかりお辛《つら》いことでございましょう」

「父上さま、お玉には右府さまのお心がわかりませぬ。弟さまを殺したり、お妹さまの嫁ぎ先の浅井長政さまを火攻めにしたり……」

浅井長政が信長に亡《ほろ》ぼされたことも、長政の妻お市、即《すなわ》ち信長の妹が、夫長政を殺した兄のもとへ帰ったことも、玉子は既に姉や母から聞いていた。

「うむ。大変なことよのう。そして、その右府どのも敵方の斎藤道三《どうさん》殿から、濃姫《のうひめ》をめとっておられる」

「母上さま、女とはいったい何なのでございましょう」

嘆きのこもった言葉だった。

光秀と凞子の結婚のような、男と女の結びつきは、他にあまり例がない。光秀は娘たちを愛し、玉子の話し相手にもなって来た。その光秀でさえ、長女も次女も政略結婚をさせている。

この度の玉子の結婚も、つまりは織田信長の命令による政略結婚である。丹波の平定を命ぜられた光秀と、その隣国を鎮撫《ちんぶ》しつつある細川家とが結ばれることは、信長にとっても、両家にとっても、好ましいことなのだ。

ただ、玉子にとって幸いなのは、細川家が明智家の敵方ではないということである。否《いな》、敵方でないどころか、光秀と藤孝は年来の友なのだ。藤孝も光秀と同様、単なる荒武者ではない。文武に秀《ひい》でた大器である。その嫡男《ちゃくなん》与一郎忠興に嫁ぐことを、玉子はもっと喜んでもよいはずであった。が、それを、いままだ喜ぶことはできなかった。

男が、妻を娘を政争の具として、品物のように扱っていた時代である。大方の女性たちは、それを己《おの》が運命として疑うこともなかった。が、玉子はそのような中にあっても、人間としての自我にめざめていたのである。玉子は、女たちが道具のように扱われること自体に、いち早く耐えられぬ思いを抱いていたのである。

この自我に目ざめた玉子を育てたのは、父母のあり方であり、光秀の教養であった。

陰暦八月、その日の夕焼は美しかった。

勝竜寺城内は、今日明智家より玉子を迎えるために賑《にぎ》わっていた。そのざわめきが忠興の部屋にも聞えてくる。

細川与一郎忠興は、侍烏帽子《さむらいえぼし》に直垂《ひたた》れの花婿《はなむこ》姿で、さっきから自分の部屋に落ちつきなくすわっていた。

「兄上」

これも礼装の直垂れ姿の弟頓五郎興元が、開け放した廊下に現れて声をかけた。兄に似て、眉《まゆ》の秀でた凜々《りり》しい少年である。二十の若者よりもたくましい忠興とくらべると、まだ骨組が細い。

「何だ？　何か用か」

先年、十三と十五で共に片岡城攻めに出陣したこの兄弟は、いつも仲がよい。

「兄上、まだ到着の様子も見えぬ。花嫁は夜にならねば、着かぬのであろうか」

先程から、幾度となく同じことを興元はいいに来ていた。

「なぜそんなに待ち遠しがるのだ。お前が娶るのではないぞ、興元」

忠興が笑った。

「いや、それはそうだが、あの人はきれいな人だ。早くその花嫁姿を見たい」

興元は兄の前に来て、あぐらをかいた。

「興元、あの人などと、軽々しく呼ぶな」

「じゃ、何と呼ぶ？　お玉どのか」

「そうだな、姉上と呼べ」

「まだ、姉上にはなってはおらぬ」

「今日のうちになるではないか」

「姉上か……」

興元はちょっと口を尖《とが》らせたが、

「兄上は幸せ者だな」

と、率直に羨《うらや》んだ。

「二、三年もすれば、お前も幸せ者になる。待っておれ」

「いや、あんな美しい人は、そうそうはいない」

「うん、それもそうだな」

忠興の満足そうな顔に、

「ぬけぬけと申すわ！」

興元がこぶしをあげるまねをして笑った。笑った顔はさすがに幼なかった。

「だが頓五郎、全くの話、そうではないか」

「真顔でのろけている」

興元は呆《あき》れたように兄の顔を見た。忠興は頓着《とんちゃく》なく、

「のう、頓五郎」

と声を低めた。

「?……」

興元が耳を傾ける表情をした。小鼻のあたりにうっすらと汗をかいた忠興は、いともまじめな顔で、

「女というものは、いったいどんなものであろう」

「どんなもの? 何をいいたいのだ、兄上は」

「うん、わしは女のことは何も知らん」

「兄上、兄上よりもこの興元の方が、女のことを知っていると思うてか」

興元は声を立てて笑った。

「いや、知ってはいまいが……。しかし、お前は年に似ず世故《せこ》に長《た》けたところがある」

二人がこんな他愛ない話をしている頃、玉子は数十人の従者に守られた輿《こし》の中に揺られていた。銀の元結《もとゆい》で束ねた垂髪が、幸菱《さいわいびし》の純白のうちかけの上に、豊かに波うっている。きらきらと輝く瞳《ひとみ》には、既に嫁ぐ者の覚悟のほどもうかがわれ、玉子を大人に見せていた。

(ふり返ったとて、過ぎ去った日は還《かえ》らない)

ともすれば目に浮かぶ父母の顔、祖母の顔、そして弟たちの顔を、玉子はふり払うように、幾度かそう心の中でつぶやいた。

それでもまだ、坂本城にもう一人の自分がいて、父母と楽しく語らっているような錯覚を覚える。ふっと、琵琶湖の碧水《へきすい》や、坂本城から朝夕仰いだ比叡《ひえい》の峰が目に浮かぶ。

楽しかった父母のもとを離れて、明日からどのような生活が待っているのか、玉子にはわからない。が、姉たちが耐えている生活に、自分が耐えられぬはずはないと玉子は思う。

昨日の早朝、あかあかと燃え上がる門火の傍に立って、じっと玉子を見送る光秀の目に、光るものがあったのを、玉子は大事な宝のように胸にしまっている。あの、迫るような父のまなざしの中には、万感の思いがこめられていたのだ。

母の凞子は涙を一滴も見せなかった。にっこり笑って、

「お幸せに」

とだけいった。その涙を見せない母の辛さも玉子には身に沁《し》みた。

輿の中にゆられながら、玉子はいま軽く目を閉じ、その父と母の面影に向って、

(玉は立派に生きて参ります)

とつぶやいた。

その時輿がとまった。外で、光秀の従弟《いとこ》、明智弥平次の声がした。

「お玉どの。美しい夕日でござりまするぞ。花嫁の日の夕日をご覧《ろう》じませ」

弥平次は、この日の婚礼奉行である。妻となる日の思い出のためにも、その疲れをねぎらうためにも、弥平次は行列をとめて、玉子にゆっくりと夕日を見せてやりたかったのだ。

すらりと降り立った玉子の輝くような姿に、供奉《ぐぶ》する者たちは、またしても目をうばわれた。その中に初之助の射るような視線があることを、玉子は知らない。

初之助は今年の三、四月、光秀に従って丹波の波多野秀治を八上《やかみ》城に攻めた時、武功を立てて士分に取りたてられた。玉子の婚約を知った初之助には、命を惜しむ心はなかった。その結果、今までの臆《おく》する心はふり払われ、思いの限りに戦えたのだ。も

はや初之助は、騎馬を許された武士なのだ。雑用に追い使われる小者ではない。が、初之助の心の淋《さび》しさには変りはなかった。

いま天王山《てんのうざん》に沈もうとする夕日に向って立つ玉子の姿が、逆光線の中に、この世のものならぬほどに、美しく気高く思われた。

(今日限り、一生お会いできぬかも知れぬ)

今少し行けば、細川家の者が松井康之に率いられて、迎えに出ている筈《はず》である。そこで玉子は細川家の供に守られて行ってしまうのだ。

初之助の胸に、ぐっと熱いものがこみ上げた。二年前、西教寺の境内で、青大将におどろいた玉子が、自分に抱きついた日のしなやかな感触を、初之助は胸苦しい思いで思い浮かべた。

だが玉子は、初之助が行列のどこにいるかも知らなかった。無論その胸のうちを知るはずもない。玉子は、今沈み行く大きな夕日に、その美しい目を向けていた。

左手の野原に、小豆色のつややかなすすきの穂が、夕風に数限りなくそよいでいる。そのすすきの中に、遥《はる》かにつづく道を玉子は見た。この道の彼方《かなた》に勝竜寺城がある。それはあと、どれほどの彼方なのであろう。

「お疲れでござりましょう」

いつの間にか、清原佳代が玉子の傍らによりそっていた。

「いいえ、少しも」

昨朝、明けやらぬうちに坂本城を出た玉子は、夕方京に入り、清原頼賢の邸《やしき》に一泊した。清原家は細川家の親戚《しんせき》に当る高位の公家《くげ》である。玉子の接待に出たのが、清原家の息女佳代であった。

佳代が夕餉《ゆうげ》の席に現れた時、玉子は佳代の気品と、清純さに、目を見張った。

玉子は以前、この清原佳代について聞いていた。熱心なキリシタンで、捨子を拾いに、毎朝山を歩いていること、大名からの縁談も断り、一生嫁がぬ決心であること、その容貌《ようぼう》が自分に似ていることなどを、吉田兼見から聞いていた。面ざしは聞いていたほどには、自分には似ていない。が、その透きとおるような、深く澄んだまなざしと、気品に満ちた物腰は、いまだかつてみたことのないものだった。

佳代もまた、はじめて玉子を見た時、瞬時にして、響き合うものを感じたようであった。佳代と玉子の、この、世にも稀《まれ》なる出あいは、一瞬にして二人の心を結んだといってもよい。それは、この人生において邂逅《かいこう》と呼ぶより、いいようのない出あいであった。

夕餉のあと、玉子は旅の疲れも忘れて、佳代と親しく語り合った。

「お玉さま。細川の小父《おじ》様はおやさしいお方でございます」

佳代は、見知らぬ土地に遠く嫁ぐ玉子を、いたわるようにいった。細川の小父様とは忠興の父藤孝のことである。いうまでもなく玉子にとって舅《しゅうと》となる人である。藤孝は、弓道、馬術にかけては当代右に出《い》ずる者がない。武術ばかりか、笛、太鼓、乱舞も名人、和歌は無論のこと、書も絵も、そして刀の目ききにも傑出していることは、玉子も父母から聞いていた。そればかりか、武将ではあるが、行儀作法には公家よりも詳しく(藤孝は後に徳川将軍の礼典を作ったほどである)、作法に関しては、明智家よりも遥かに心得ておかねばならぬことが多いとも聞いていた。この舅と共に暮すことは、大変な注意と努力が要るように、玉子には思われていたのだ。

「小父様はお料理もお上手だということでございます。ある人が、いたずらに鯉《こい》のお腹《なか》に火箸《ひばし》を入れて、俎《まないた》に上げておきましたら、小父様は知らずに包丁を入れまして、ガツッと音がいたしました。すると小父様は、いきなり刀をぬいて、スパッと鯉を断ち切ると、火箸も真二つになりましたとか。でも、それだけで、いたずらをした者を少しも咎《とが》められなかったと申します。心のひろやかな方ですから、ご心配は要りませぬ」

佳代の話を聞いているうちに、玉子の心から次第に不安がうすれて行った。

その夜、旅の疲れからか、侍女のおつなが熱を出した。佳代はねんごろにおつなを看病した上、彼女の代りに、明日は自分が侍女として勝竜寺まで伴《とも》をしようと、思いがけぬことを申し出た。

大名の正室にとさえ望まれた身分ある公家の娘である。たとえ数日といえど侍女になどできない。玉子は固辞した。が、佳代は熱心に願って止《や》まなかった。しかも、

「佳代は、あなたさまに、一生お仕えいたしとうござります」

とさえ、いい出した。

さすがにその父母は驚いたが、これを許した。公家の行儀作法に明るい佳代が傍にいれば、細川家における玉子の苦労も少ないと思ったのだ。一生といっても、若い娘のこと、何《いず》れは考えも変るだろう。佳代の父母としては、毎日危険な山を歩いて拾子を拾う生活よりは、親戚の細川家に行ってくれたほうが安心という思いもあった。荷物はすぐに届けさせるということで、とりあえず、おつなの代りに佳代が供奉の列に加わったのである。

「なぜ、大名の奥方になることを拒まれたのですか?」

昨夜玉子は佳代に尋ねた。

のちに、大坂城落成の折、武将の妻たちが秀吉に招かれた。玉子は病気と称して欠

席し、その名代として佳代を出した。秀吉は佳代の美しさに打たれ、伝え聞いていた玉子への日頃の忠勤を賞揚し、高価な小袖《こそで》さえ与えて、

「そなたには二人の男を持たせたい。一人は佳代どの夫、一人はこの秀吉を」

といった。そんな挿話のあるほどの佳人である。

玉子の疑問は当然であった。佳代は、

「お玉さま。公家は身分は高くとも、ごらんのとおり貧しい生活をしております。大名衆は、財政は豊かでも、失礼ながら身分は概して高くありませぬ。それ故《ゆえ》、貧しい公家の娘を、金の力で妻にしたいと望んでいられます。佳代には、そのような結婚を幸せとも思われませぬ」

と静かに答えた。玉子はその答えにもいたく感動した。

いつしか夕日は沈んでいた。行列は再び動きはじめた。玉子をはさんで三梃《ちょう》の輿、その前後に貝桶《かいおけ》、化粧道具箱、唐びつ、屏風箱《びょうぶばこ》、厨子《ずし》棚《だな》などが幾荷もつづき、数十の騎馬が半々に前後を固めていた。

更にその頃、茜《あかね》を映す琵琶湖の水を眺めつつ、坂本城の高殿に立って、黙然と玉子を思う光秀と凞子の姿があった。

平蜘蛛《ひらぐも》の釜《かま》

竹林の続く向うに、はるかに東山の連なりが見える。その右手前の洞《ほら》ヶ峠が平地の上に小高い。

居間にすわって、桔梗《ききょう》とすすきを活《い》けていた玉子は、あけ放たれた障子の外にふと目をやった。傍に忠興が、その玉子のしぐさの一つ一つを、満足そうに眺めていた。

玉子がこの勝竜寺城の忠興に嫁いで十日目である。勝竜寺城は、坂本城とは比較にならぬ小さな城であった。城というより、大きな寺といったほうがいい。それでも周囲にめぐらした濠《ほり》が一応城としての体裁を見せていた。

「桔梗か」

忠興はあぐらをかいたまま、ひとり言のようにつぶやいた。

「はい」

玉子の視線が桔梗に戻った。しっとりと露をふくんだ桔梗の紫が、空気に滲《にじ》むようである。

「桔梗はそなたの父、明智殿の紋、豪に似ぬ優しい旗じるしじゃ」

忠興はにっこりと笑った。笑っても、濃い眉《まゆ》のあたりの凜々《りり》しさは消えない。

玉子の父明智光秀は、近来いよいよその知略と武勇を謳《うた》われていた。信長も、天正六年八月十一日付で次のような書状を光秀に書き送っている。

「その方こと、近年打ちつづき軍功にぬきんで、所々における知謀高名は諸将を超え、数度の合戦に勝利を得られ、感悦斜めならず候。

西国の手に入り次第、数箇国をあてがうべく候間、この上とも退屈なく軍忠に励まるべく候」

これほどの、音に聞えた光秀の紋は、遠目にも鮮やかな水色の桔梗である。その優美な水色桔梗の旗が林立する時、敵軍はふるえ上がるのだ。

忠興はそれを思って微笑した。

「細川家は……」

いいかける玉子の言葉を受けて、

「うむ、細川家は菊、そして桜くずしの紋だが、わしは九曜《くよう》の紋を使うことにした」

九曜の紋は、中央に書かれた一つの円を、他の八つの小さな円が、ぐるりととりかこむ紋様である。

「九曜は、九つの光という意味になりましょうか」

「うむ、あまり意味は考えなかった。ただ、形が好きなのだ」

「ご自分でお考えになられましたの？」

「いや、実はな、右府どのの小太刀の模様の中に、この九曜があったのだ」

「まあ、殿の小太刀の模様の中に？」

玉子の鋏《はさみ》を持つ手がとまった。

「うむ。おもしろいと思って、わしの小袖《こそで》に使ってみた。するとな、殿が、おもしろい紋を使っているではないかと仰《おお》せられた。それで、わしは、殿の小太刀の模様の中に、この形がござりますると申し上げた。殿はご自分の小太刀を手に持って、鞘《さや》をしげしげと眺めておられたが、なるほど、これを使ったのか。愛《う》い奴《やつ》じゃ。今後はそれを家紋に致せと仰せられたのだ」

忠興は得意気に玉子を見た。玉子は活け終った桔梗をじっと見つめたまま、黙っている。

（殿の命令で結婚し、紋まで殿の命令を……）

玉子の胸を、そんな思いがよぎった。

「お玉、わしは強い人間が好きだ。信長殿のような方が好きだ。だから、その強さにあやかりたいのだ」

少し熱した語調で忠興がいった。玉子はかすかに微笑した。体は大きいが、まだ幼いと思ったのだ。

「なぜ笑う？」

忠興が見咎《みとが》めた。

「強いのは、もとよりわたくしも好きでございます」

「同意して笑ったのか」

玉子はうなずいた。

「そうか。ならばよい。だが、お玉、わしは一月前に死んだあの山中鹿之助の惨《みじ》めな死を聞いてから、強いだけではならぬと思った」

鹿之助は信長につき、毛利軍と戦うべく上月城《こうづき》を守っていた。鹿之助は秀吉や信長の援軍のあるのを信じていた。が、信長は上月城を見捨てた。秀吉は鹿之助とその主君尼子勝久をひそかに救わんとしたが、鹿之助は部下を捨てて自分の命を永らえようとはしなかった。

結局は毛利軍に捉《とら》われ、護送の途中阿井《あい》の渡しで斬《き》られ、傷を受けたまま逃げようとしたが、首を斬られて不様に死んだ。

「お玉、わしは生きるぞ。人間としてこの世に生まれた以上、生き得る限り生きるべきなのだ。父上もいっておられる。武力は力の中の一つに過ぎぬ。人間の力には武力のほかに、胆力も知力もあるとな」

ふいに玉子は、忠興は意外に大人なのかも知れぬと思った。この戦乱の治まらぬ世の中にあって、生き得る限り生きると宣言するのは、一見子供じみているようで、一つの見識を持っているようにも思われる。

「胆力も知力も？　ほんにそうかも知れませぬ」

「そうだ。そなたの父上も、胆力、知力を兼備した武将だ。わしも負けぬぞ。この世に生き得る限り生きる。これが生きている者の正直なねがいだ」

「そのとおりと存じます」

「うむ、そのためにはな、どうしたらよいか。お玉は知っているか」

愛《いと》しそうに忠興は玉子を見た。娶《めと》ってまだ十日である。

丹波に丹後に播磨《はりま》にと、戦わねばならぬ状況の中で、忠興は強《し》いて玉子を娶ったのだ。美貌《びぼう》の玉子を、一刻も早く自分のものとしたかったのである。すぐにも新妻をおいて出陣しなければならぬ中にあって、忠興の玉子への愛しさはつのっていた。

「さあ、にわかには考えも及びませぬが、戦わぬことででも、申しましょうか」

「何？　戦わぬこと？」

　驚いて玉子を見たが、忠興はポンと膝《ひざ》を打ち、

「なるほど、それも一理だ。戦わねば殺しも殺されもすまい。そうだ、そなたの父上も似たことを申された。戦わずして勝つのが真の武将だとな。わしの父も同じことをいう。しかし……」

「しかし？」

「今の世は、戦いを避けてばかりもおられぬ。とすれば……」

「いかがなさります？」

「そうよのう。先《ま》ず敵の動き、世の動きを人より一歩先に知っておかねばならぬであろう。まだお若かった右府殿が、今川義元殿の大軍を桶狭間《おけはざま》に破ることができたのは何故《なぜ》か？　お玉も聞いているであろう」

「はい、今川殿が桶狭間で昼飯をとっているとの知らせに……」

「そうだ。そしてその隙《すき》に乗じて急襲された。つまり、その情報が織田殿を圧勝にみちびいたのじゃ。父上も申しておられる。世の動き、人の動きに、常に注意せよとな。それによって、機先を制することもできるし、無駄に戦わずに逃れることもできるのだ」

後年、徳川家康の客臣となった忠興は、九州にありながら、家康の臨終に近い頃の病状を、刻々とつかんでいた。昨日はひどく悪かったが、今日は起きてかゆを食べたとか、今は昏睡《こんすい》状態だとかいう情報を知悉《ちしつ》していたのだ。家康の容態は天下の動きに関わることであり、自分の進退を決断するにも重要なことであったろう。

ひとり将軍家の動きのみならず、忠興は後年朝廷の内情から、遠くは国外の情報をも、かなり詳しく聞いている。長崎の港に入った外国船の船長を招いたり、船医を招いて外国の事情を聞いたりしたのだ。明瓊《めいけい》という医師をしばしば招いて話を聞いたともいわれる。

情報をひろく得るために、彼は多くの贈物もした。将軍家の内部を最もよく知っている大奥の女中たちには、女たちの喜びそうな品を多く贈った。こうして忠興は、多くの情報と知識を得、八十三歳という、当時の平均寿命の倍を上まわるほど長生した。

そのような後日の生き方が、既に十六歳の忠興の言葉の中にあらわれていたといえる。

「あの……お姉さま」

庭先に澄んだ女の子の声がした。肩まで髪を垂らした伊也《いや》が、はにかんで立っている。忠興の妹で、十一歳である。

「何だ」

忠興が顔を向けた。伊也はその忠興の顔を見ず、

「お姉さま……」

と玉子を呼んだ。玉子は立ち上がって行って、縁にすわった。

「なあに？　伊也さま」

伊也はその小さな手を、そっと玉子の手の上に置いて、

「お姉さまは、ずっとこの城にいられます？」

と聞いた。丸顔があどけない。忠興と五つちがいの伊也は、顔も性格も兄とは似ていない。体も小柄である。

「ええ、ずーっとおりますとも」

「本当？」

安心したようにいったが、

「でも、頓五郎兄さまは、玉子姉さまはすぐ帰ってしまうといわれるのです」

「まあ、そんなことを。それはきっと、伊也さまをからかっていわれたのですよ」

「本当!?　うれしいこと」

頓五郎に告げるつもりか、ばたばたと草履の音をさせて駆けて行った。

「何と、かわいらしいこと」

いいながら、玉子はふっと胸が熱くなった。数年前の自分の姿が思い出されたのである。自分も両親のもとで、無邪気に城の中を駆け廻っていた。伊也もやがては、好むと好まざるとにかかわらず、どこかの武将に嫁ぐのであろう。

「伊也はいつまでも子供で困る」

「でも……すぐ大人になります」

いっそのこと、大人にならねば、伊也は幸せであろう。玉子は思わず溜息《ためいき》をついた。

「なぜ、溜息をつく？」

いち早く忠興が見咎めた。玉子の一挙手一投足が気になってならないのだ。新妻が珍しいのかも知れない。

「伊也さまが、大人になるのがかわいそうで……」

「なぜじゃ。なぜ、大人になるのがかわいそうなのだ？」

遠くに嫁ぐのが哀れだといえば、お前はここに嫁いで哀れかと咎めるであろう。忠興には、そういう神経過敏なところがあった。嫁いで十日ではあるが、玉子は忠興の癖や気心を幾つか知った。

「子供の頃は、何の心配もありませぬもの」

玉子はさり気なくいった。いってから、確かに子供の頃には、心配らしい心配はなかったと思い返した。

「うむ、それもそうだ」

忠興は単純にうなずいた。

この伊也は、三年後の天正九年五月、十四歳で丹後の守護職一色《いっしき》義有に嫁いだ。丹後平定に手を焼いた細川藤孝が、一色家との政略結婚にふみきったのだ。しかし、結婚一年にして、一色義有は細川父子に謀《はか》られ、舅婿《しゅうとむこ》の盃《さかずき》ごとの席で、忠興に斬り殺された。不意に斬りつけられて、義有の肩から下半身にかけて血が噴いた。が、この豪雄は気丈にも数歩歩いて、体が二つに割れて倒れた。

むろん、今うれしそうに駆けて行った伊也の四年後に、その夫が自分の父と兄にだまし討ちにあうであろうなどとは、誰にも予測できないことであった。偶然、玉子の胸にきざした伊也の未来への不安が、現実となったまでである。しかもこれは、この時代にはさして珍しい事件ではなかった。

前にも述べた信長の妹お市の方が、兄の信長に夫を焼き殺されたことなど、その顕著な一例である。食うか食われるか、弱肉強食の時代には、だまし討ちも戦法の一つであったのであろうか。それにしても、武士の倫理が、ただ勝つことのみにあったとすれば、何と無残な、何とむなしい生きざまであったろう。

「おう、忘れていたわ」

庭に目をやっていた忠興が、思い立ったように立ち上がった。見上げる玉子に、

「父上への用事を思い出した」

と、いい捨てて部屋を出た。

玉子は床の間の桔梗《ききょう》を見た。ふっと父母が懐《なつ》かしく思い出された。嫁いでまだ十日だというのに、家を出て二月《ふたつき》も三月《みつき》も経《た》ったような気がする。

光秀は子供たちと共に食事を取ったが、この家では全く別である。藤孝夫婦と忠興夫婦は別であり、忠興の弟妹たちも、別のところで食事をする。また、食風《しょくふう》もちがった。明智家では鯛《たい》を馳走《ちそう》としたが、細川家では鯛を喜ばず、鯉《こい》や鮎《あゆ》をより上等の魚とした。光秀は酒を飲まなかったが、忠興は酒を好んだ。細川家は公家《くげ》風で、明智家は庶民的であった。食事一つにも、玉子はちがう世界に入ったことを思わずにはいられなかった。

勝気な玉子も、ここでは忠興を頼るよりいたし方がなかった。幸い、忠興も光秀のように、妻に何でも語りかける。それが何より玉子にはうれしい。もし、忠興が無口で、夜のいとなみでしか玉子を相手にしなかったとすれば、玉子の結婚生活はさぞ侘《わ》

びしかったであろう。

舅の藤孝や、姑《しゅうとめ》の麝香《じゃこう》の方《かた》をはじめ、弟の頓五郎興元、妹の伊也など、皆玉子に好意を見せた。藤孝夫婦にとって、玉子は、親しい光秀の娘である。当然一家の中に暖かい空気をかもす結果になったにちがいない。

特に藤孝は、四十四歳で父よりも七歳若いが、配慮の行き届く人物で、廊下ですれちがっても、黙って行き過ぎることはない。それとなく、目につくものを話題にする。

「お玉、それ、向うに低いなだらかな岡がつづいているであろうが。岡が長くつづいているので、このあたりを長岡と呼ぶのじゃ」

とか、

「その大きな楠《くすのき》の陰に、大きな石が見えるであろう。あれを持ち上げた大力者があっての。誰かわかるか？ そうじゃ。そなたの姉が嫁いだ荒木村次の父の村重じゃ。あいつは何しろ、若い頃に、自分のおやじ殿を碁盤の上にすわらせてな。その一角を片手で軽々と持ち上げ、柱を三べん廻ったという男でな。ところで村次のところへ嫁いだそなたの姉は、幸せか？」

とか、決しておざなりではない言葉をかけてくれるのである。

弟の頓五郎は、そんな時いつの間にか傍に来て、じっと玉子を眺め、藤孝に、

「頓五郎、何をぼんやりと立っておる!」

とたしなめられ、首をすくめて逃げ出したりする。そんな頓五郎の無邪気さも、玉子の心を慰めてくれた。

玉子は温かい人々に囲まれていた。玉子は幸せであった。が、それはまだ嫁いで半月とたたぬ幸せであった。

玉子が嫁いだ翌月、忠興は藤孝や光秀と共に、丹波へ出陣した。勝竜寺城のある長岡は丹波に近いとはいえ、玉子は心淋《こころさび》しかった。その後、藤孝と忠興はすぐに播磨に転戦した。

留守の間、玉子は、かつて母の凞子《ひろこ》がしていたように、いつ運ばれてくるかわからぬ戦傷者の傷を包む布や薬の用意をしたり、機織《はたおり》に精を出していた。無論、明智からついて来たおつなや、清原佳代をはじめ侍女たちと共にである。

十月、藤孝は忠興と興元をひきつれ、大坂の石山本願寺攻めに加わっていた。何しろ大坂城の前身である本願寺はなかなか落ちない。信仰を一にする門徒の必死の抵抗は、さすがに手剛《てごわ》かった。

留守を守る生活にもようやく馴《な》れたある日、玉子は清原佳代をつれて、城の近くの竹林の間の小道を散歩していた。少し離れて家人《けにん》が数人従っていた。数日ぐずついた天気が、今日はからりと晴れ上がって、見上げる空が心行くばかりに青い。やや紅葉の盛りも過ぎたが、珍しい暖かさだった。

「奥方さま、野菊は群れているから美しいのでしょうか」

佳代が澄んだ目を玉子に向けた。

「一輪でも美しいはずと思いますけれど……」

かつぎの裾《すそ》に気をつけながら、玉子は道べの野菊の花に手をふれて、

「美しい花も、人目につかぬ地味な花も、時がくれば、結局は散ってしまいます」

「ほんに、奥方さま。花も人も、遂《つい》には散り果ててしまいます」

玉子は本願寺攻めに加わっている忠興や、父の光秀を思った。今日の合戦で、また多くの人々が死んで行くのであろう。その中に、父や夫が加わらないという保証はないのだ。

「そう考えますと、明日をも知れぬ人間の生命が、とりわけはかなくむなしいものに思われますこと。佳代どのもそう思いますか」

「確かに人の命は弱く、もろいものと思います。でも、佳代にはむなしいものとは思いませぬ」

佳代の言葉に、玉子はふと遠くを見るまなざしになった。その玉子へ佳代が言葉をついだ。

「人の命といえば、麝香の御方さまは、ご懐妊なされましたとか……」

「ええ、まことにおめでたいことと、喜んでおります。お姑上《ははうえ》のお年でも、本当はお子を産むことができますのに……」

「奥方さま。わたくしもそう思います。大殿は、奥方さまの御父上と同じく、決して側室を置かれませぬ。その点、他の大名方と、全くちがったお方でございます」

当時、大名の妻は二十七でおしとねすべりの慣《な》らいがあった。つまり、肉体関係はこの年で終るのである。それは、避妊の方法も知らぬ時代の、母体保護のためであったという。確かに、次々と妊娠しては母体も害《そこな》われるにちがいない。側室をおくのも、最初はそうした配慮からであったのかも知れない。が、それが果して女性にとってありがたいことであったかどうか。

この度の懐妊が五人目で、藤孝は妻の麝香の方に、このあと更に産ませている。麝香の方も丈夫であったのであろうが、光秀の妻凞子と同様、当時まれに見る幸せな女性であった。

(忠興どのは側室をおかれるであろうか?)

ふと玉子は思った。

その時、

「はて？　あの音は？」

佳代が眉根《まゆね》をよせて耳を澄ませた。

「おお、あれは、蹄《ひづめ》の音！」

玉子の胸がとどろいた。忠興の帰還かも知れぬ。離れていた供の者が、ばらばらと駆けよって、玉子を守った。藤孝、忠興の帰城かも知れぬが、あるいは敵かもわからぬのだ。

「奥方、急いでご帰城を！」

という間も、馬蹄《ばてい》の音は近づき、竹林の間の細い道を駆けてくる騎馬の姿が見えた。

「あ！　あれは！」

「まあ、興元さま！」

玉子が喜びの声をあげた。興元が帰城するならば、やがて夫の忠興も帰るであろう。

「このような所で、何をしておられました」

興元は馬からひらりと飛び降りた。

「よくぞご無事で。お帰りなされませ」

玉子も佳代も、供の者も一斉に頭を下げた。

興元の後に従ってきた数騎の供も、馬を降りて玉子に挨拶《あいさつ》をした。

「しばらく留守の間に、木々もすっかり紅葉いたしましたなあ」

大人びた語調でいい、興元は供の者に、

「先に城に戻るがよい」

と、凛《りん》とした声でいった。興元の家来は一礼して、

「ごめん！」

と、再び馬上の人となった。

「姉上さま、ここでお目にかかれたのは幸いです。実は……」

声を落すと、清原佳代や他の者は、すぐに二人を離れた。それを見定めてから興元は、

「実は、急ぎお耳に入れたいことが突発いたし、帰って参りました」

「わたくしに？」

「はい」

興元は玉子の目をまっすぐに見、憂《うれ》わしげにうなずいた。この度の合戦に、興元は目に見えて大人びたようであった。

「もしや……」

　夫忠興の身に、何か異変が起きたのではないか。玉子はさっと顔から血がひくのを感じた。

「いえ、兄上も父上も無事でいられる。それはご心配に及びませぬ」

「では？」

「いや、大したことではありませぬが……」

　いいよどむ興元の目がかげった。

「驚きませぬ、興元さま。どのようなことがありましょうとも」

　玉子は覚悟を決めた。

「では、申しあげます。実は、荒木村重殿の悪い噂《うわさ》が流れております」

「えっ⁉　荒木様に？」

　碁盤の上にその父親を乗せ、片手で持ち上げたという力持の荒木村重は、玉子の姉、倫の舅である。

「それはまた、どのような」

「信じられぬことですが……」

「では、謀反《むほん》なされましたか？」

危うく声が高くなるところであった。

「まだ、はっきりはいたしませぬが、石山本願寺に寝返ったとの専《もっぱ》らの風評で……」

「まさか！　あの荒木様が」

父の光秀が、荒木ほど腹のきれいな人間はいないと、嫁いで行く姉の倫に語ったとか、いつか母から聞いたことがあった。

「まるで赤児《あかご》のような単純な男だ」

そうも光秀はいったという。赤児のような男が、一体謀反を起すのであろうか。それとも、父光秀は、荒木村重親子を見誤っていたのだろうか。

万一、荒木父子が信長に謀反を起したとなれば、姉の倫は無事ではいまい。いや、姉だけではない。父の光秀も、信長の不興を買わぬはずはない。そして、荒木村次の妻が自分の姉である以上、夫忠興にも、いかなる迷惑が及ぶか、測り知れない。玉子の不安は急速にひろがっていった。

「姉上、荒木村重殿の従弟《いとこ》、中川清秀殿をご存じですか」

「お名前だけは」

「その中川殿の郎党に、利にさとい男がおりまして……」

「それで？」

「本願寺の城は織田勢に囲まれて、兵糧《ひょうろう》が不足になって来た。中川の郎党は一もうけしようと、夜半にひそかに、小舟で米を城中に運びこんだ。これが目付の者に見つけられたから、事の次第が露見。早速、安土城の右府殿に注進が行ったという始末……」

「まあ！　で、荒木様はそれをご存じだったのですか」

竹の葉がさやぎ、どこからか二ひら三ひら木の葉が風に舞ってきた。

「いや、父の話では、村重殿の全く与《あずか》り知らないこととか。しかし、安土城の織田方では、荒木は石山本願寺に内通したにちがいないと見ていると、聞きました」

「では、荒木様には何も謀反の事実は……」

「ありませぬ。しかし、謀反だと安土では騒ぎ立てていると申します」

「まあ、それでは荒木様がお気の毒ではありませぬか」

姉の倫は一体どうなることか。織田信長に無惨《むざん》にも殺されるのではないか。信長の性格を考えれば、当然予測されることである。

「姉上さま。今の世では、いつ、いかなる災いが降りかかってくるか、わかりませぬ」

ひたと興元は玉子を見た。

「わたくしも覚悟はしております」

「姉上さま……」

興元はいいよどみ、ちょっと顔を赤らめた。

「何でしょうか？」

「いつ、いかなる禍《わざわい》が降りかかりましょうとも、興元は姉上さまの味方です」

「え？」

問い返す玉子の目をみつめた興元は、一瞬涙ぐみそうな表情を見せたが、ひらりと馬に乗り、

「何もご心配召されるな。微力ながら力の限りお味方いたします」

といい捨てて、手綱をぐいと引いた。

興元は、荒木村重の陥った事態を玉子に知らせたかったのか、玉子の力になりたいといいたかったのか、玉子にはわからなかった。が、今の玉子は、興元の心情を忖度《そんたく》するよりも、荒木村次に嫁《か》した姉の身の上と、父の光秀、夫の忠興にいかなる禍が降りかかるかが不安であった。

藤孝と忠興は、二日ほど経《た》ってから帰城した。が、二人とも荒木村重については一言も触れない。

その夜、玉子は忠興の胸に抱かれたあと、思いきって尋ねてみた。まさか、興元があらぬことをいったとは思われない。とすれば、なぜ忠興が黙っているのか不安であった。

「あの……」

「何だ」

忠興の手は、まだ玉子の背をやさしく抱いていた。

「あの……荒木村重様のことでお尋ねいたしとう存じますけれど……」

「何⁉ 荒木殿のこと？ お玉、そなたは、なぜそれを知っている？ 誰に聞いたのだ！」

思いもよらぬ激しい忠興の剣幕であった。

「それは、あの……」

「誰に聞いたのだと訊《たず》ねているのだ」

「伺って、悪うございましたか」

忠興はいつの間にか、布団《ふとん》の上に起き上がっていた。

「それは……」

「誰だ？ 誰かいえぬのか」

興元とはいいかねて、玉子はうつむいた。

「父はいわぬはずじゃ。弟の興元にも、口外は無用といってあった。とすれば、家人の誰だ？」

玉子はもはや、興元の名を口にすることはできなかった。

「お玉。そなたに荒木殿のことを告げた軽率な男は、どこのど奴だ？」

激しく追い詰められて、玉子はきっと姿勢を正した。死んでも興元の名を出してはならぬ。

「それは……」

「それは誰じゃ」

「父上様でございます」

「嘘《うそ》をいえ！　断じて父上ではない」

「いいえ、父上様でございます」

「まことか！」

「まことでございます」

「よし、では、即刻父上に伺ってくる」

「明日になされませ。とうにおやすみになられたことでございましょう」

「お玉！」

「はい」

「もし、父上でなければ、何とする」

「玉は去られても、命を召されても、お恨みには思いませぬ」

「なに！　去られても、命をとられてもかまわぬというのか」

「かまいませぬ」

ほのめく灯火を受けて、玉子の顔は蒼《あお》かった。

「では、明朝、父上に尋ねてみる」

忠興は不機嫌にいった。その言葉に、玉子の表情がこわばった。

「殿！　殿はなぜ、わたくしの言葉を信じてはくださりませぬ？　玉は今、去られても、命を召されてもと、申しあげたではござりませぬか。命をかけての玉の言葉が信じられませぬなら、さ、今、この場で玉の命を召されませ！」

玉子は切り返すようにいった。

忠興は、この件を玉子の耳には入れたくなかった。まだ荒木村重の潔白を信長に伝える道があると思っていた。事実、光秀が間に立って、信長に詫《わ》びを入れるよう、村重に交渉しつつあった。事はまだ決定的ではない。今の段階で、玉子の耳に入れ、不要の心配をかけたくはなかった。が、忠興はその事件が洩《も》れたことより、親しく玉子と話した男がいることに、今は激しく嫉妬《しっと》していたのである。

命をかけての自分の言葉を信じられぬなら、この場で即刻命を召されよと迫った玉子の激しい言葉に、忠興は何もいわずに再び布団の中に入った。それほどまでにいうのであれば、あるいはまことかも知れぬと思ったのである。

が、一夜あけると、忠興はまた疑い出した。荒木村重の反逆を、父の藤孝がそう軽々しく玉子に告げたとは思えないのだ。藤孝は、日頃決して軽挙することはない。村重の郎党が、私腹を肥やすために、本願寺方に毎夜米を運んだに過ぎない事件は、まだ信長に言い開きができる筈《はず》である。反逆だと騒ぎ立てているのは、安土城の信長の側近の者だけで、共に本願寺を攻めた自分たち細川親子も、明智光秀も、荒木村重をいささかも疑ってはいない。今の段階で、何も女子供に告げることはないのだ。

これを父の藤孝が玉子に話したとは、どうしても思えない。とすれば、誰であろう。河喜多石見《いわみ》ででもあろうか。河喜多石見は玉子に従って、明智家より細川家の家人《けにん》となり、千石の知行を得ている実直な男である。

(いや、あいつは五十七にもなっていて、分別のある男だ)

運ばれてきた朝の膳《ぜん》を前に、忠興はむっつりとすわった。

玉子も、忠興の不機嫌な顔を見て、口をきくのを控えている。忠興の胸のうちは、玉子にも見えている。忠興は、必ずや藤孝に尋ねるにちがいない。が、藤孝は玉子に、荒木村重の反逆のことなど一言も語ってはいないのだ。自分が嘘をいったと知ったら、夫忠興はどんなに激怒することであろう。今考えると、最初から、弟の頓五郎がいったといえば、何のことはなかったのだ。

なぜ、そういえなかったのか。玉子は考えながら、箸《はし》を動かしていた。

確かに、そういい出せないものが、昨夜の忠興にはあった。もし、頓五郎から聞いたといえば、叱責《しっせき》が頓五郎に向けられるおそれはじゅうぶんにあった。行きがかり上、この家の家長である藤孝から聞いたと、玉子はつい、いってしまったのだ。父の藤孝には、日頃忠興も心服していた。

それにしても、うかつであったと、玉子は飯の味もわからなかった。

恐る恐る忠興を見ると、忠興の目が射るように玉子に注がれていた。その鋭い目の光を見た瞬間、玉子はふと驕慢《きょうまん》な微笑を浮かべた。

姉の嫁ぎ先の荒木村重の噂を聞いたのが、なぜそんなに悪いのかと、ふいに開きなおる気持になったのだ。忠興の胸中の嫉妬には、玉子は気づいてはいない。玉子の不敵な微笑を見て、忠興は視線を外《そ》らした。

荒木の謀反を父の藤孝から聞いたなどと偽って、この女は一体誰をかばっているのであろう。忠興は、自分でも制御しがたい妬心をぐっとこらえて、とにかく、藤孝に真偽のほどを確かめようと思った。

女中が膳を下げた。

「ごくろうさま」

落ちついて玉子はねぎらった。

と、その時、廊下に静かな足音がきこえた。玉子はぎくりとして忠興を見た。ゆっくりと、落ちついたその足音は、まぎれもなく舅《しゅうと》の藤孝のそれである。

「お早うございます」

玉子は廊下に出て、手をつき、深々と礼をした。

「ああお早う」

鷹揚《おうよう》に挨拶《あいさつ》を返して、藤孝は部屋の中の忠興に目を移した。忠興も膝《ひざ》に手を置いたまま礼をした。固い表情である。

「疲れたであろう、与一郎」

「何の、疲れは致しませぬ。父上こそ、お疲れでござりましょう」

忠興は廊下の玉子をけわしく一瞥《いちべつ》した。藤孝は忠興の表情をすばやく捉《とら》えたが、さりげなく微笑し、

「与一郎、わしはこれから、これじゃよ。疲れるどころか」

と弓を引く真似《まね》をした。弓をとっては、当代一とうたわれる藤孝の胸は厚い。

「父上！」

忠興はニコリともせずに、藤孝をひたと見上げた。まだ弱年の忠興は性急であった。

「何じゃ！」

「お玉は、荒木殿ご謀反《むほん》の噂《うわさ》を、父上より伺ったと申しますが、それはまことでござりますか」

ハッと玉子は忠興を見、そして藤孝を見た。

「まことであったら、どうだと申すのじゃ」

藤孝は一呼吸も置かずにいった。何のたじろぎもない。玉子は目をみはった。

「まことであれば、よろしゅうござります」

「まことでなければ？」

「誰が、お玉にそのようなことを告げたのか、詮議《せんぎ》しなければなりませぬ」

藤孝は声高く笑って、

「お玉、なぜ黙っておれと申したに、語ったのじゃ」

「……」

「まあ、よい。お玉、昨日も申したとおり、吾々《われわれ》は荒木殿には、叛意《はんい》はないと見ている。今、そなたの父上が右府殿と荒木殿の間に立って、円満をはかっておられる。何も心配することはないぞ」

思いがけない藤孝の言葉に、玉子は思わず涙がこぼれた。涙をこぼしながら、玉子は藤孝という人間の温かさと大きさに、心の底から驚き打たれていた。玉子の偽りを、藤孝は一言も咎《とが》めず、言下にとりつくろってくれたのだ。

「父上！ しかし、それでは約束がちがうのではございませぬか」

「何がじゃ」

「父上は、昨日、お玉の耳に入れて心配をかけるなと、仰《おお》せられたではありませぬか」

「うむ。申した。が、わしの口からお玉にいわぬとは申さぬぞ」

「それは……」

「他の者から耳に入ることもあるかと案じてな、わしの口からいっておいたまでじゃ。それでよかろう」

「……」

「与一郎、平蜘蛛《ひらぐも》の釜《かま》じゃの」

「え？」

「お玉は、そなたにとって、平蜘蛛の釜であろうと申すのじゃ」

いい捨てて、藤孝はゆっくりと立ち去って行った。

「そうか、やはり父上がいわれたのか。わしが悪かった」

忠興は率直であった。玉子はぼんやりと、藤孝の曲って行った廊下を眺めていた。

「許せ」

機嫌のよい忠興の声であった。

「あなたは、わたくしを信じてはくださりませんでした」

わざとすねたように玉子はいったが、その目はやさしくぬれたままだった。

「いうな。だから、許せといっているではないか」

玉子に親しく語りかけた男がいなかったことで、忠興の機嫌はなおっていた。その忠興を、

（お舅上《ちちうえ》ほどの器量に……）

成長するであろうかと、玉子はみつめながら、

「これからは、信じていただきとう存じます」

　と念を押した。

「わかった。信ずる。ところでそなた、今、父上のいわれた平蜘蛛の釜とは、何か知っているか」

　忠興は話題を変えた。

「はい、去年お果てなされた松永弾正《だんじょう》様の……」

「そうだ。松永弾正の秘蔵の名器でな。信長殿垂涎《すいぜん》の茶釜であった」

　信長は、自分に謀反した弾正に対して、平蜘蛛の釜を差し出して降伏せよと、度々使者をつかわしたが、弾正はその名器平蜘蛛の釜を城の上から地上に叩《たた》きつけてこわし、火のまわった城内で自害して果てた。

　主家の三好家を亡《ほろ》ぼし、将軍義輝を殺して、悪名の高かった弾正らしいその最期《さいご》は、女たちも聞いて知っていた。

「よいか、お玉。そなたはわしにとって平蜘蛛の釜じゃ。誰がそなたを求めようと、決して誰にも渡しはせぬ。弾正が、平蜘蛛の釜と、この自分の白毛《しらが》首《くび》の二つだけは、決して信長公のお目にはかけたくないといって、死んだ心意気がわしにもよくわかるのだ」

それは確かに、新妻に対する熱愛の言葉ではあった。が、玉子はなぜか、不安な思いが胸中をかすめるのを覚えながら、その言葉を聞いた。

氷雨《ひさめ》

月が変って、十一月となった。

その夜、玉子は舅《しゅうと》の藤孝と夫の忠興から荒木村重の嫡男《ちゃくなん》に嫁いでいる姉の倫が、坂本城の光秀のもとに帰され、しかも光秀が荒木を攻めに出たという話を聞かされた。

「え？　父上が荒木さまの攻め手に？」

驚く玉子をなだめて、藤孝は事の次第を語り聞かせた。

荒木村重に叛意《はんい》はなかった。そもそもは、村重の従弟《いとこ》の中川清秀の郎党が、敵の城中に夜な夜な米を運んだという、全く一個人の利をむさぼる一件であった。それが信長に報告され、村重の謀反《むほん》と見なされたのだ。

最初は信長でさえ信じなかった。信長は光秀ら三人を村重に使わし、その事情を聴取させ、たとえ叛意があっても慰留せよと命じたほどである。

村重もまた、もとよりそんな謀反気などあろうはずがないと、光秀たちに言明した。信長もその言葉を入れた。が、村重の母を人質に出すようにと要求したことから、事は思わぬほうに紛糾して行った。

村重は豪快で単純な男である。

「なぜ母上を人質にやらねばならぬ？　殿はやはり、わしを疑っていられるのか」

と、人質の要求をはねつけた。信長は珍しくあわてて、別に疑っているわけではないがと、光秀、秀吉らを説得に赴かせた。

だが、村重の家臣たちが進言して、

「信長公は、如何《いか》に大いなる勲功を建てた臣でも、一旦《いったん》意に逆らった者は、いつかは必ず亡《ほろ》ぼさずにはいられないお方である。この際、むしろ、毛利氏のもとに逃げるのが賢明でござろう」

といった。従弟の中川清秀も、

「安土で詰腹を切らされるよりも、戦ったほうが、武運を全うできるのではござらぬか」

とすすめた。

結局は、一旦反逆の噂《うわさ》が立った以上、安心して信長のもとに帰るのは危険であると、荒木方では判断したのである。こうして、謀反の意志のなかった村重も結局は反逆者として攻められることになった。

しかも、討手は光秀である。光秀とて、娘の嫁ぎ先を攻める役目は、耐え難いところであろう。その光秀の気持を百も承知で、信長はこの役を命じた。

「それはなぜか、わかるかの？　お玉」

藤孝は、ほのめく灯影《ほかげ》に照らされながらうつむいている玉子を見た。寒い夜である。肩のあたりが冷たいほどだ。

「はい。もしや、父も荒木方に心を通じてはいまいかと、右府殿のお疑いによるのでは……」

「であろうの。そなたの父上としては、いやでも出兵せねばなるまい。その光秀殿の立場を顧慮して、荒木殿はそなたの姉を離縁にして帰されたのだ。荒木殿は立派な武将じゃ。いま、亡ぼすのは惜しい」

父と信長らの関係がこじれれば、細川家にも迷惑が及ぶのは必然である。父光秀が、娘の嫁ぎ先を討たねばならぬ苦しさが、玉子にも痛いほどわかるのだ。

「父だけが、荒木様の攻め手でござりますか」

「いや、明朝父上もわしも征《ゆ》く」

それまで黙っていた忠興がいった。

「え？　お二方も！」

「うむ」

自分が細川家に嫁いでいるために、信長は藤孝と忠興まで、荒木の攻め手にしたのであろうと玉子は思った。

「それは……ご苦労さまに存じます」

「荒木は手強《てごわ》い。荒木も手強いが、高山右近《うこん》殿も更に手強いからの」

「右近様とも戦うのでございますか」

「うむ、いやな戦さじゃ。荒木殿は右近殿の、主筋でな。ま、とにかくそういうことじゃが、これが今の世のならいでの、あまり案ずるでないぞ、お玉」

「……」

「与一郎、お前も今宵《こよい》はゆっくり眠るがよい」

ふっと何かを考えるように、藤孝はその大きな目を宙に据えた。

翌朝、氷雨の降る寒い中を、藤孝、忠興、興元が出陣した。それを見送る玉子は、いい難い思いであった。舅も夫も義弟も、玉子の姉の嫁ぎ先であり、この家の親しい友人でもある荒木村重を討ちに出かけるのだ。荒木村重がこの城に来て、酒興に持ち上げたという庭の大石を眺めながら、玉子は男の戦いの世界が、ひどく無気味なものに思われてならなかった。

間もなく、玉子は村重配下の高槻《たかつき》城主高山右近が織田側についたことを知った。それは清原佳代が伝えたのである。

「右近様父子は、血を吐く思いで、村重様を裏切りなされたとのことでございます」

「まあ！　右近様が裏切りを……」

佳代の言葉に、玉子は言葉短く問い返した。

先日、玉子は佳代から、右近の噂を聞いたばかりであった。それは、右近父子が貧しい一領民の死に際して、その棺《ひつぎ》をかついだという話であった。墓掘りや棺をかつぐことは、身分の低い者の仕事とされているこの時代に、そんな領主がいるとは何と驚くべきことかと、玉子は感動して聞いたのである。

この貧しい領民に対する話のみならず、今まで玉子は、右近父子の謙遜《けんそん》で真実な人柄を伝える挿話を、いく度か聞いてきた。

ある冬の日、右近は領内を見てまわっていた。その日は特別寒さがきびしく、吐く息も凍るかと思うばかりに白い。と、一人の領民が見るもみすぼらしい着物を着て、寒さにふるえている。ひじは破れ、膝《ひざ》はぬけたその着物から、鳥肌立った素肌があらわに見える。

右近は直ちに自分の着衣を脱いで、その男に与えた。それは仕立てたばかりの真新しい衣服であった。男は驚きと喜びの余り、口をきくこともできなかった。

帰城した右近を見、夫人が驚いて尋ねた。

「殿、仕立ておろしのあの着物、いかがなさりました?」

右近は莞爾《かんじ》として答えた。

「喜べ、あれは、イエズスさまにお捧《ささ》げいたしてきた」

これを聞いた夫人もにっこりとほほえみ、胸に十字を切ったという。

また、右近は貧民のみならず、捨子も、皮膚の膿《う》み爛《ただ》れた病者をも、うやうやしく扱うこと、神に対する如《ごと》くであったなど、玉子は佳代から聞かされていたのである。

まだ、右近には会ったことはないが、心ひそかに尊敬を覚えていた玉子には、右近がその主筋を裏切ったということは、大きな衝撃であった。

右近とその父は、もと高槻城主和田惟政《これまさ》の臣であった。が、惟政の死後、暗愚なその子惟長は、人にそそのかされて高山父子を暗殺しようとした。父子はその情報を聞き、荒木村重の助けで惟長を討った。こうして、右近の父は荒木村重によって高槻城の城主となったのである。

「佳代どの、右近様は荒木様への恩義を、どのように思《おぼ》し召していたのでしょう?」

玉子の言葉に、佳代は黙って吐息をついた。

「右近様も、結局は恩を忘れて、自分の都合のよいほうに、お味方なさったのですか」

「いいえ、奥方様、それはちがうのでござります」

佳代は、はっきりと頭を横にふった。

「では、どうして恩ある方を裏切ったのでしょう」

「奥方さま、右近様がそうなさったのには、実はわけがおありなのでございます」

「どのようなご事情がおありだったにせよ、右近様父子は、荒木様のおかげで高槻の領主になられたわけでしょう。わたくしは、それほどの恩義ある方を裏切ることを許せませせぬ」

「それは……でも、それでは右近様がお気の毒でござります。実は右近様は決して裏切るおつもりはござりませんでした」

「それは、そうでしょうとも。でも、結局は裏切っておしまいになられました。一体、どんな事情がおありだったのですか」

「あの……」

佳代は口ごもり、

「あまり口外できぬことですが……」

「口外できぬこと?」

「ええ、それは、もしかすると信長様を悪くいうことになるかも知れませぬので

……」

清原佳代はその澄んだ目を、まっすぐに玉子に向けた。

「それはまた、どんなことでしょうか」

「信長様は、ご存じのように、荒木様にとっても、右近様にとっても主君でいらっしゃいます。それで、右近様はご自分の命は召されるのを覚悟で、決してご謀反なきよう荒木様をいさめられました。けれども、ご存じのように、事は思わぬ方に流れて、荒木様は謀反人ということになられたわけでございます」

「それで?」

「それで信長様は、右近様の秀《すぐ》れた武勇を惜しんで、何とか右近様の高槻城を手に入れたいとお思いになり、考えついたのはパアデレのことなのです」

「パアデレ?」

聞き馴《な》れぬ言葉に、玉子は首を傾けた。

「ええ、あの、それはキリシタンの神父さまのことでございます」

「神父？」

この言葉もまた、パアデレと同じほどに、玉子には聞き馴れない言葉であった。

「はい、神の言葉を信者に説いてくださる霊の導き手でございます」

「ああ、ではお寺のご住職と同じお役目？」

「早くいえば、そうなりますが……」

「なるほど、わかりました。信長様は、そのパアデレにすすめて、右近様たちを説いて味方にしようとお思いになられたということですか」

さすがに玉子は察しが早かった。

「はい。パアデレを召された信長様は、右近のような立派な人間は、二人といない。右近さえわたしについてくれるなら、荒木村重も許してつかわそう。どうかこの旨《むね》を右近にとりついでくれるよう尽力してくれと、それはもう涙声であられましたとか」

「まあ、信長様が、涙声で……」

玉子は信じられぬ面持をした。

「はい、信じられぬことかと存じますが……。信長様は、このことに尽力いたさば、より一層キリシタンを保護し、右近には領地を与えると、パアデレに誓紙を書写してくださったそうにござります」

「まあ！　それで、その領地ほしさに右近さまは……」

「とんでもございませぬ。右近様は、村重様が本当に許していただけ、ご領地もそのままならば、勧告に従ってよいとお思いになられたのでございます。でも、右近様と村重様との話し合う間も待ちきれなくなられた信長様は、村重様を亡ぼし、右近様はご自分のものとしたいご魂胆を抱かれ、とうとう村重様を攻め、右近様を遠巻きに遊ばし、遂《つい》に恐ろしい脅迫状を右近様に突きつけたのでござります」

「恐ろしい脅迫状？　それは……」

「はい。恐ろしい惨《むご》い脅迫状でございます。即刻、開城せよ。もし、開城をためらうならば、神父様という神父様を、直ちに高槻城の真正面で磔《はりつけ》にする。そして、領内のキリシタンをみな殺しとし、教会はことごとく焼き捨てると申してきたのでござります」

「なんと、それはまた非道な」

「そして、もし開城するならば、右近様には摂津《せっつ》の国の半分を与え、キリシタンはいよいよ篤《あつ》く保護すると書き添えてあったと申します。摂津の国はともかく、領地のキリシタンはみな殺し、パアデレは全部はりつけ、むごい脅迫とはお思いになりませぬか。卑劣な織田殿のお仕打ちとお思いにはなりませぬか」

「……なるほど、そのようなことが……」

「奥方さま。もし奥方さまならどうなさります。右近様の領地に、キリシタンは二万もおりますし、ご家来衆のほとんどがキリシタンでございます。奥方さまは、その領民を、領主として見殺しになさりますか。罪もないパアデレたちが、異国のこの地で磔になるのをお望みになりますか」

「……」

玉子は、じっと考えこむ表情で、小袖《こそで》のひざ頭をみつめていたが、やがて顔を上げ、

「恩人への裏切りが、多くの人々を救うということもあるのでしょうか。わたくしには、これまで、考えても見ないことでした」

「生きるということは、罪ふかいことだと、パアデレもおっしゃっておられます」

佳代はいったが、この言葉はまだ、玉子の関心を惹《ひ》かなかった。

「佳代どの、人間には、誰の目から見ても、完全に正しくあることは、不可能なのでしょうか」

「事にもよりましょうけれど……正しく生きたくても、人の世は正しく生きさせては

くれませぬ」

「考えてみますと、荒木村重さまにしても、そもそもはご謀反《むほん》ではなかったとのこと……」

「はい。右近様にいたしましても、村重様を裏切るおつもりは全くなかったことですのに……」

二人は顔を見合わせて、ほおっと大きく息をついた。

「この細川家も、明智の父も、いつ右近様のような立場に立たされぬとも限りませぬ。そう思いますと、何やらひどく侘《わ》びしい気がいたしますこと」

「奥方さま、パアデレは、毎日、毎時、わたくしども人間は、右をえらぶか、左をえらぶか、撰択《せんたく》を迫られて生きていると申されます」

「右をえらぶか、左をえらぶか？」

つぶやくように玉子はいい、

「ほんに、そうかも知れませぬ。簡単にえらべるものなら、悩みはございますまい。佳代どの、姉上は荒木様から帰されて、毎日何を考えているとお思いですか？」

「さあ……それは」

「わたくしには、姉上が死ぬべきか、生きるべきかと考えているようで、いたわしくてなりませぬ」

「……」

「そばで見ておられる母上も、さぞかし辛《つら》いことでしょうけれど……」

「……」

「女は、殿方次第で嫁がせられたり、帰されたり……。女は、血も涙もなくて生きていると、殿方は思っているのでしょうか。女にも、悲しむ心、憤《いきどお》る心はありますものを」

坂本城にあって、姉の倫は今何を考えているかを思うだけでも、玉子の心はしめつけられるようであった。

佳代が目をあげていった。

「奥方さま。わたくしが一生嫁ぎとうないと申しあげました気持、おわかりでございましょう」

「確かに。……でも」

「でも？」

「ええ、悩みもさることながら、わたくしはやはり、今は嫁いだことが幸せにも思われております」

玉子はふっと、顔を赤らめた。その玉子に、佳代はあたたかいまなざしを向け、

「奥方さま、いつまでもお幸せでありますように、佳代はお祈りいたします」

「ありがとう。うれしく思います。ところで佳代どの」

「何でしょうか」

「わたくし、この間、ふとこう思いました。もし、佳代どのが頓五郎さまとご結婚なされば、わたくしたちは一生姉妹で暮らせるのではないかと」

「まあ、頓五郎さまと？」

一瞬、佳代の目に複雑な影が走った。が、玉子はそれに気づかなかった。

十一月二十四日、突如、荒木村重の従弟《いとこ》、中川清秀が信長に降《くだ》った。もともとは中川清秀の郎党が敵方に米を売ったことに端を発した謀反事件であった。その中川清秀が降って荒木村重だけが取り残された。

信長は中川清秀に金子《きんす》三十枚を与えて、これを賞《ほ》めた。

最初、荒木村重が信長と和を結ぼうとした時、強硬に反対し、安土で自害するより、毛利方につけといったのは中川清秀である。その当人が信長に降ったことで、世間は中川を悪《あ》しざまにいった。

信長は、荒木を攻めるといいながら、なぜかいつものように激しい火攻めもせず、主力の光秀を丹波平定に向かわせ、秀吉を播磨《はりま》に帰してしまった。

藤孝と忠興は、有岡の付城《つけじろ》で滞陣し、のんびりとした正月を迎えた。

「忠興、殿は一体荒木殿を、どう思っていられると思う?」

「殺す気はないのでしょうな」

「吾々《われわれ》としても、あの快男児は生かしておきたいからのう」

「しかし、中川の奴《やつ》だけは、攻めほろぼしてやりたく思いましたが」

「いや、犬でも猫でも、むやみに殺してはならぬ」

「どうも父上は、なまぬるい」

「いや、なまぬるいように見えるが、これは、むずかしい生き方ぞ! 与一郎、よく憶《おぼ》えておけ」

敵が親しい友の荒木であり、信長もあまり攻めたくない様子では、藤孝も歌を詠《よ》んだり、句作をしたりするしかない。元旦《がんたん》につくった、

あすと思ふ春やけふさへ朝霞《あさがすみ》

の色紙が、有岡城の書院にかざられていた。

信長からは、雁《かり》や鯨を正月の馳走《ちそう》に贈られ、藤孝自ら包丁を取り、忠興と共に調理して、滞陣の諸将に振舞った。信長からの正月十二日の書簡には、

「追って此《こ》の鯨は、九日知多郡に於《おい》て取り候由《さうらふよし》候て到来候。則《すなは》ち禁裡《きんり》御に御所様へ進上候云々《うんぬん》」

と書かれてある。

そんなところに、荒木村重から使者が来たという。藤孝は取るものも取りあえず、奥の書院に使者を通した。さすがの荒木も、一向に攻めてこぬ藤孝の真意をはかりかねて、無気味に思ったか。戦うが如《ごと》く、戦わぬが如き日々に飽きて、和議を申し入れてきたか、そう思いながら、藤孝は使者に対した。

使者は目をくぼませ、頬はこけていた。荒木もまた、このようにやつれているであろうかと、藤孝は胸が痛んだ。

「壮健でいられるか」

「は、先《ま》ずはおかげさまにて」

使者は言葉少なにいい、文箱《ふばこ》を手渡した。

（彼も降るか！）

それを念じつつ開いた黒ぬりの文箱には、短冊《たんざく》が一枚入っていた。手に取った藤孝は、息をつめる思いで、一気にそれを読みくだした。藤孝は破顔一笑した。短冊には、

手に余る荒木の弓を打にきて
ゐるもゐられず引くも引かれず　村重

と狂歌がしたためられていた。

再び藤孝はこれを読んだ。親友荒木の筆のあとを懐《なつ》かしげに眺めていた藤孝の目がぬれた。が、じっと自分をみつめている使者の視線を感じて、藤孝も机の上の短冊を一枚とって片手に持ち、さらさらと筆を走らせた。

手に余るあら木の弓の筈《はず》違ひ
ゐるにゐられぬ有岡の城　藤孝

この短冊に添えて、藤孝は信長より贈られた鯨肉をも、使者に持たせて荒木の許《もと》に贈ったのである。

覇道

(事の多い年であった)

天正七年も暮れようとしている十二月二十五日。昨日、丹波の亀山城から坂本城に帰った光秀は、書院に疲れを休めていた。

鉛色の琵琶湖の上に、雪が小やみなく降っている。今日も光秀の傍らに、従弟《いとこ》の弥平次光春と、初之助が侍《はべ》っていた。初之助は弥平次と共に、光秀の傍を離れることがほとんどない。

かつては雑兵《ぞうひょう》で、光秀のくつわをとっていた初之助も、度々の武功によって、今は立派な武士である。今年の七月、光秀が丹波嶺山《みねやま》城を攻めた時にも、立派に武勲をたてた。その時光秀は、細川藤孝、忠興と共に、小高い山の上から戦さを指揮していた。敵は波多野の一族である。光秀の部下民部少輔《しょうゆう》が先駈《さきが》けとなったが、意気地なく切りまくられた。誰かが、

「何事ぞ、あのさまは」

とどなった。と、敏捷《びんしょう》に走り出た若者がいた。走り出たと見る間に、若者は敵の首級を上げ、光秀のもとに来た。初之助であった。光秀は、思わず軍扇で膝《ひざ》を打って初之助をほめた。光秀は感状に、

「その方のこと、今に始めざる働きなり」

と書いて与えた。

が、初之助は心奢《おご》ることもなく、馬のくつわを取っていた時と変らぬ態度であった。今も、初之助はやや憂《うれ》いを帯びたまなざしで、静かに控えていた。弥平次光春は、なぜか以前より生き生きとした表情を見せている。

「のう弥平次」

光秀は静かに弥平次を見た。

「何でござります」

「わしは、この坂本城に帰るのが辛《つら》かったぞ」

「お察しいたします」

磊落《らいらく》な弥平次も目を伏せた。

「倫はさぞ辛いであろう」

弥平次は答えることができなかった。

荒木村重が伊丹《いたみ》の城を守りきれなくなって、尼ヶ崎《あまさき》に逃れたのは、九月だった。光秀は最後まで、村重が信長と和睦《わぼく》するよう働きかけた。信長も、村重の反逆以来一年有余、信長には珍しく、気長に村重の出方を見守っていた。

しかし、村重は再び信長に仕える心はなかった。村重に信長への離反をすすめた重臣たちが、今になって信長の言葉を信じ、まだ伊丹に残っていた村重の妻子たち三十人余りを、人質として信長にさし出し城を明け渡した。光秀のはからいで尼ヶ崎花隅を渡せば、荒木一族の命は助けるということになった。そこで重臣たちは、この上は尼ヶ崎を明け渡してくれるようにと村重に説得をつづけた。が、村重は頑として応じなかった。

それまで、村重の降《くだ》るのを待っていた信長が、突如として、狂ったように怒った。

この十二月十二日、信長は伊丹からの人質三十余人を、京都に送らせた。十六日には、それらを裸にし、車にしばりつけて都中をさらしものにして引き廻させ、その直後六条河原で一人残らず斬首《ざんしゅ》した。女子供は泣き叫び、あるいは気を失ったが、情け容赦もなく殺した。

しかも、そればかりではなかった。その三日前の十三日には、村重の女房たち百二十二人を尼ヶ崎に近い七松《ななつまつ》ではりつけの刑にした。寒風の吹きすさぶ七松は女たちの血で赤く染められていたのだ。

いや、更に酷《むご》い仕打ちがなされていた。まだ年若い下女や、頑是ない子供たち三百八十八人と、若党百二十四人を四軒の家に押しこめ焼き殺したのだ。集まってきた見物の者たちが、いかになりゆくかと固唾《かたず》を飲んで見守る中に、信長配下の者は家のまわりに干草を山と積んだ。

「もしや、焼き殺すのでは」

「よもや、あのような幼き童らもたくさんいるものを」

「いやいや、上様は恐ろしいお方じゃ」

歯の根も合わぬ思いで見ていた群衆はささやき合った。果してその干草に火は放たれたのだ。白い煙の中に、赤い火炎がめらめらと上がる。その火が家を包み、ばりばりと音をたてはじめる頃、悲鳴とも獣のうなりとも分ちがたい声が四軒の家から湧《わ》き起った。

こうして、五百十二名の命は灰と化したのである。この残虐《ざんぎゃく》な刑は、京大坂はおろか、たちまちにして日本中に知れ渡った。光秀もこのうわさを亀山城で聞いた。その時光秀は、

(あの鬼奴《おにめ》が！)

と、思わず声を上げるところであった。光秀が間にたって、和平をはからっていただけに、怒りは激しかった。今もその時の怒りが光秀の胸にくすぶっていた。

「お倫さまも……」

いいかけて初之助は言葉を濁した。何といったらいいのか、光秀の苦衷に応《こた》える言葉がなかった。

「うむ、荒木殿が倫を返してくれなかったなら、あれも六条河原ではりつけにあったか、焼き殺されていたかじゃ」

「まことに危ないところを……」

弥平次も言葉少なにいった。

「いや、助かった倫の辛さ、これも格別じゃ。めめしいことだが、わしは倫を見るに忍びぬ」

「殿、胸中いかばかりかと存じまする。……それにしても、荒木殿の心も解《げ》せませぬ。既に安芸《あき》に逃げられたげにござりまするが」

「うむ」

弥平次の言葉に、光秀は深く腕を組んだ。

「荒木殿さえ、尼ヶ崎を明け渡したならば、人質の女子供は、ああまでむごい目に遭わずとも、すんだのではござらぬか。のう、初之助」

「まことに。荒木殿は豪雄と伺いましたが、豪雄も当てにはならぬものと思います
る」

「なまじ、天下無双の力持などとうたわれたお方だけに、ひどく裏切られたような気
がするというものじゃ。殿、殿はいかが思《おぼ》し召される?」

弥平次の問いに、光秀はじっと腕を組んだまま、

「さあてのう」

と吐息を洩《も》らし、

「人間というものは、そう簡単には評せぬものよ」

と、つぶやくようにいった。

「しかし、荒木殿は無責任に過ぎると思われませぬか」

「されど、ものは考えようじゃ。のう、弥平次、初之助。もし、自分が荒木殿の場に
あらば、そなたたちはいかがであった?」

「……さて、それは……」

「わからぬであろう。とにかく、荒木殿は根が単純なお人じゃ。まさか、信長殿があ
れほどの大虐殺をするとは、夢にも思わなかったであろう。何しろ、罪のない女子供

を、はりつけにしたり、焼き殺したりする惨酷《ざんこく》さは、並の人間の持ち合わせぬところだからの」

弥平次はちらりと光秀を見た。「並の人間の持ち合わせぬところ」といった言葉に、日頃の光秀らしからぬ棘《とげ》を感じたからである。弥平次は賢い男である。そして、従兄《いとこ》光秀の、武将としての知謀、教養、すべてに心服している。だから、弥平次は光秀の心の動きに敏感であった。

「全く、右府殿の惨《むご》さは、異常どころか、気狂《きちが》いじみてござる」

「弥平次、あまり大きな声では申せぬことよ」

光秀がたしなめた。

「大きな声では申しませぬが、天下の誰もが怖気《おじけ》をふるったことは確かでござりまするて。いわれてみれば、荒木殿も安芸に逃げるより、致し方なかったかも知れませぬな」

「荒木殿も気の毒な方じゃ。中川の郎党が本願寺に米など売ったばかりに、飛んだ渦《か》中《ちゅう》に巻きこまれてのう」

「しかし、殿、それもこれも信長殿が、あまりに冷酷なるため、詫《わ》びることさえむずかしかったからではござりませぬか。信長殿は、配下の者にきびし過ぎまする。というより、あまりに粗末に扱いなさる」

「うむ」

光秀は、弥平次も自分と同じ思いであると思った。

「伯母上のことにしても……」

「取り返しのつかぬこと、母上のことは、もういうまいぞ、弥平次」

「なぜでござります。弥平次はあの件だけは、織田殿を恨みに思いまする」

「いうても、せんかたないことじゃ。いうて母上が生き返るわけでもあるまい」

黙っていた初之助が、

「おやさしいお方でござりましたのに」

と、しみじみといった。

(そうであった。あれほどにやさしい人はいなかった)

めらめらと燃えるような信長への憤《いきどお》りを、光秀は心の底におさえながら、今は亡《な》き義母を思った。

義母の登代が殺されて、まだ半年しか経《た》っていない。

この年六月、光秀は信長に命ぜられていた丹波平定に心を砕いていた。波多野一族が手強《てごわ》く反抗していた。その一族と荒木村重が気脈を通じているという噂《うわさ》も流れた。

氷上《ひかみ》城の波多野宗長、宗貞父子については、秀吉の弟の羽柴《はしば》秀長に助けられて、これを攻め落すことができた。

だが、光秀が全責任を持って当っている八上《やかみ》城はなかなか落城しない。光秀は内心焦慮していた。八上城主波多野秀治は、四年前には光秀に加担して、丹波平定に共に働いてくれた男だった。が、もともと丹波の城主である波多野秀治は、その翌年、つまり、天正五年には突如として、光秀に対し反逆してきた。この反逆に遭って、光秀は苦戦した。人情の常で、丹波の人心もともすれば同国の波多野に傾きやすい。去就の定まらぬ者は、敵にまわしても戦いづらく、味方にしても、使いづらい。

そこで光秀は、この度意を決して兵糧《ひょうろう》攻めにしたが、兵糧攻めは月日を要する。戦いが長びけば、当然味方の士気も衰えてくる。梅雨の頃とて、陣中は一層陰鬱《いんうつ》となり、且《か》つ、だらけた。一様に顔色も悪くなり、誰もが戦さに飽きてきた。それは光秀の最も厭《いと》う兵の状態であった。それ故《ゆえ》に、光秀は一層焦慮したのである。

もっとも、敵側の八上城内に於《お》ては、それ以上に悲惨な状態になっていた。兵糧は疾《と》うに尽き果て、草木の葉も食い尽くし、まさに餓死寸前の状態で、重臣たちも判断力、決断力を失い、中には発狂する者もあった。

光秀はこの機に乗じ、波多野秀治ら三兄弟を降伏させようとした。しかし彼らは、降伏後の信長の処置を恐れて、城から出ようとはしない。

無理からぬことと光秀は思った。光秀としては、四年の長きにわたって、ここまで抵抗した波多野兄弟を、敵ながら天晴《あっぱ》れと思う心がある。降伏するならば、力強い味方となるであろうし、丹波の人心を和らげるにも役立つにちがいない。

再度使者を派遣すると、「人質を差し出すなら、信長と和睦してもよい」という返事がきた。

ここで、光秀ははじめて、自分の家族を人質に出すかどうかという問題に直面した。無論、この段階では相手を攻め亡《ほろ》ぼすことができる。人質を出すのは大きな譲歩である。光秀はしかし、後々のためにもそれをよしと判断した。だが、さて人質に誰を出すかは、大きな問題であった。いつ、その命が奪われるか測り難いのだ。到底妻の凞《ひろ》子《こ》を人質に出す気にはなれない。凞子を妻として愛し、誇りにも思ってはいるが、疱《ほう》瘡《そう》のあとを敵方の目にさらすのは哀れだと思う。それに、村重の謀《む》反《ほん》で戻された倫に、凞子は心痛を重ねている。

息子の十五郎は十歳だから、人質にやるには幼なすぎる。といって、戻ったばかりの倫を人質にやるわけにはいかない。義母の登代は、もう七十に近い。これまた、人質に出すには忍びない。

（誰にすべきか）

光秀は迷った。一旦《いったん》は、長子の十五郎にしようと思い、また、妻の凞子にしようとも思った。迷いに迷っていた時、光秀はふっと、玉子がまだ十一、二歳の頃にいった言葉を思い出した。

「誰かを人質に出さねばならぬ時、誰を人質にするのですか」

玉子は子供らしく、率直に尋ねた。一瞬ぎくりとしたことを、光秀は憶《おぼ》えている。玉子は、

「お父さまは、きっと玉子を人質に出すでしょう」

といった。確かに、今、もし玉子がいれば、自分は玉子を人質に出すだろうと光秀は思った。

それにしても、人質の選定の何と迷い多きことであろう。自分は情愛に弱すぎるのか。それとも決断が弱いのか。光秀は決しかねた。そうした迷いを重ねたあげく、遂《つい》に意を決して、十五郎を人質に出すことにし、坂本城に十五郎を迎えにやった。ところが、果然義母の登代の反対にあったのである。

「この母を大事と思し召し候はば、何卒《なにとぞ》母を八上城にお送り下されたく候。織田殿も、そなたの累年《るいねん》の功をよもやお忘れなされしとも存ぜられず候へば、そなたの母を危地

におとし入るるが如《ごと》きことあるまじく。母はそなたの御働きに役立ち候はば、これに過ぐる幸はこれなく候」

との手紙に、光秀も、登代は年は老いても、この任に耐え得るであろうし、すぐにも波多野兄弟と信長との和睦《わぼく》は成立すると確信して、遂に義母を人質に送ることにした。

光秀は登代を八上城に送り、波多野三兄弟を丁重に迎えた。やつれ果てた彼らに食を与え、衣服を整えさせて、安土の信長のもとに同行させた。

光秀は信長に、

「和睦を願い出ておりまする故、よろしくおとり計らい願いとう存じます」

と申し出た。信長はにべもなくいった。

「光秀。四年前あの兄弟は、一旦味方についた者だ。しかるに何だ。すぐにまたそむいて、そちを今日まで手こずらしたではないか。そのような変心者を許してみたとて、何になろうぞ」

「いえ、この度は彼らも……」

「いうな。二言のある者など、わしには不要だ。磔《はりつけ》にしろ!」

「殿……」

光秀の顔から血が引いた。では、あの母もまた信長は殺せというのか。光秀は平伏した。平伏しなければ、まなじりまで裂けそうなほどに、信長の顔を睨《にら》みつけてしまったであろう。

そんな光秀を信長は無視して、ぷいと立ち上がった。

「殿、しばらく。しばらくお待ちくだされませ。今一度願い上げ奉《たてまつ》ります。今後の丹波を治むるにも、かの三人は……」

「うるさい。そんなことは、この信長のほうが、よう考えておるわ。光秀！　彼奴《きやつ》らを生かしておいては禍根となるぞ。そちが、わしには相談もなく、そちの母を人質としたるも、わしには憎いわ。そちの母が人質になったる故、彼らを助けよと、このわしに命ずる気か」

「殿、決して、決してそのようなつもりは、毛頭ございりませぬ」

「わしは、指図されるのは嫌いなのだ。憶えておけ！」

「殿！　殿」

信長は、蹴立《けた》てるように、さっと立ち去った。その額に癇癪《かんしゃく》筋が青く怒張しているのを光秀は見た。もはや取りつくすべはなかった。

波多野秀治等は、信長の命令どおり、安土《あづち》慈恩寺町に磔の死を遂げた。当然、八上城に送られた母は殺された。しかも、光秀の兵達に見えるよう楼上で、無残な死を遂げた。

「光秀どの!」

その時、母が叫んだという。

あろうことか、光秀は世人から「母殺し」として指弾された。こんなことになるなら、何も母を人質に出すことはなかったのだ。あのまま、あと幾日か放っておいても、彼らは餓死したのだ。信長への煮えたぎるような憤りを、光秀は波多野一族にふり向けるように、波多野の残党を一人残らず殺した。

このような辛酸をなめながら、光秀は遂に丹波を平定した。その平定を、安土城の信長に報告したのは、十月二十四日であった。この時光秀は、縮羅《しじら》百端(反)を丹波のみやげとして携え、信長に献上した。

(主と従)

光秀は、その苦渋を信長の前に嚙《か》みしめていた。

「大儀であった」

信長は、光秀の義母のことなど、なかったように、上機嫌に光秀をねぎらった。が、大盃《たいはい》を傾ける信長を見る光秀の目は冷たく醒《さ》めていた。

ともあれ、五年にわたる丹波の戦いは終ったのだ。

「光秀どの！」という母の最期《さいご》の絶叫が尾を引いたまま、戦いは終ったのだ。

いま、思うともなく、その義母の最期を思っている光秀に、弥平次はいった。

「何にしても、織田殿は恐ろしいお方よ。われらの心を汲《く》まぬお方よ」

「うむ」

光秀はうなずいた。初之助がいった。

「殿！　殿は織田殿とは反対に、われらの心を実によく汲みなされます」

「そうでもあるまい。人間、一度権勢の座につくと、どうも権勢を振うことに馴《な》れてしまうようじゃの」

「殿はちがいます。第一、信長殿は、今、殿が申されたようなことは、決して申されませぬ」

「どうやら、初之助は人が悪くなったぞ。この光秀を持ち上げてくれるわ」

光秀はようやく微笑した。

「いえ、殿、初之助は真実を申しあげただけにござりまする。殿、織田殿は武力で天下を平定はなされても、民心を安らがせ、楽しませるお方にはなり得ませぬ」

澄んだ初之助の目が、ひたと光秀をみつめた。弥平次が、

「ほう、初之助はよいことをいうの」

と感心した。

「弥平次殿、からかってはいけませぬ。わたくしは漁師の子から召しかかえられた下積みの者、下積みの者故に、下積みの者の痛みも悲しみも存じて居《お》りまする。殿は、この下積みのわたくしに、いつも温かい言葉をおかけくださりました。温かい言葉には、いかなる人間も従うもの。いかにきびしくとも、その心が温かければ、喜んで服するものでござります」

「なるほどのう」

「わたくしの口から申し上ぐるのは、憚《はばか》り多きことながら、君たる者には、君たる者の道がござりましょう。王道がござりましょう。しかし、信長殿には覇道があっても、王道はござりませぬ。殿と織田殿とは、この点全くちがいまする」

「なるほど、王道と覇道のう」

光秀は深くうなずいて、目を雪の庭に放った。王道、それはいつか弥平次もいっていて、以来、光秀も心にとめていたことであった。

「覇道は所詮《しょせん》、覇道でござりまする。覇道は早晩亡ぶものと存じまする」

光秀は一瞬ぎょっとした。が、

「そこまでいっては不穏であろう」

と軽く初之助をたしなめた。しかし心の底に、

「覇道は亡ぶ」

という言葉が、抵抗なく胸にひろがって行った。

（織田殿は覇道だ。覇道は亡ぶ。こう、この若者はいっている。つまりは織田殿は亡ぶといっているのだ。何と、大胆不敵な！）

「しかし、初之助の申すとおりと存じますな、殿。人心が屈伏するのは、王道に対してであって、覇道ではござりますまい。織田殿も、天下を平定するおつもりならば、遅まきながら、王道にお励みなさらねばなりますまい」

「結構、織田殿も、その道に励んでいられるではないか」

「楽市《らくいち》・楽座《らくざ》でござるか」

「そうよの。今まで、諸寺諸社に多くの金を献じなければ、商業が営めなかった。が、信長公はそれらを廃し、安土の町民に商業の自由を認められたではないか」

「しかし、殿、あれは安土の繁栄のためが先に立ってのことで、民のためというのは、二の次ではござらぬか」

「だが、その上、押売、押買、盗賊、喧嘩《けんか》、火事などの取りしまりも、きびしく行っておられる」

「その火事で思い出し申した。殿、安土の御弓の者の宿から火を発した時に、信長殿は何とせられました？　失火したるは、妻子が同居していなかったからであると仰《おお》せられて、尾州に妻子を置いて来た者百二十余名に、安土に妻を呼びよせるよう命ぜられた。それもよい。しかし、信長殿は、二度と妻たちが尾州に戻れぬよう、尾州の私宅百二十余軒を、ことごとく火を放って焼いたではござりませぬか」

「全くでございます。織田殿は叡山《えいざん》の焼打ち、浅井殿の火攻め、この度の尼ヶ崎の焼殺と、焼き殺すことがお得意に思われます。焼いても焼けぬものが、人間の心の中にあることを、ご存じないお方でござりまする」

初之助は若者らしく率直である。二人の言葉が今の光秀には快く耳に響いた。いわば二人は、主君信長の非をついているのだ。光秀の主君は、また二人の主君でもあるはずだ。が、二人は信長を己《おの》が主君とは思っていない。弥平次がいった。

「あれから十日あまり経《た》った今も、人焼く臭《にお》いが、そのあたりにこもっているそうでござるな。風が吹いても臭いは去らぬ。あのあたりの者たちは、死者の怨霊《おんりょう》の故《ゆえ》だと、いたく恐れているそうな」

弥平次にせよ、初之助にせよ、八上城に義母が非業《ひごう》の死を遂げた事の真相を知っている。光秀思いの二人が、信長を恨むのは無理もないのだ。止めれば却《かえ》って火に油を注ぐことになると、光秀は話を外《そ》らした。

「弥平次」

「何でござります」

「その方、三十三歳であったな」

「殿、もう年のことは忘れました」

弥平次はとぼけた。

「初之助は二十二歳か」

「はい」

初之助は目を伏せた。

「殿は五十四歳でござりましたな」

弥平次はいい、

「五十四、三十三、二十二。四、三、二と、これではまるで語呂《ごろ》合せでござりますな」

と大声で笑った。光秀は片頰に微笑を浮かべたが、ちょっと何かを考えるように、じっと弥平次の顔をみつめた。

弥平次は顔をひきしめた。

「のう、弥平次」

「はっ」

「倫が不憫《ふびん》じゃ」

弥平次は答えなかった。

「女というものは、かなしい者じゃ」

「……」

「かの七松で殺された者の中には、倫がかわいがっていた侍女もいたであろう」

「……」

「のう、弥平次。荒木に倫を嫁がせたのは、わしの一代の失策じゃ」

「……」

「わしには、弥平次の心がわからなかった。いま、初之助は、わしを心を汲みとる男といってくれたが、わしはあの頃、そちの心が見えなかった」

「……」

「すまぬことをしたと、わしは今日まで、そなたに心の中であやまりつづけてきた」

弥平次は答えようがない。いつの間にか、初之助は座を外していた。

「弥平次、倫もそなたを慕うていたのじゃな」

「え？」

弥平次の声が大きかった。

「荒木の家から、返されてきた時の倫を見て、わしにはそれがわかった。弥平次に顔を合わせた瞬間、倫の体の中に一瞬火が点《とも》ったようにわしには見えた」

「それは、真《まこと》でござりまするか」

「そちには、それがわからなかったか」

「あるいはと思ったことが、幾度かはござりましたが、幼い時から親しく育ちました故……」

光秀は脇息《きょうそく》によって、静かに目をつむった。一時の間沈黙が二人をつつんだ。が、それは心の通う沈黙であった。

「のう、弥平次。お玉がいつぞや申していた。お倫は、嫁ぐことは死にに行くことだと申していたとな」

「死にに行くと？」

「うむ。そういってお倫は泣いていたそうじゃ。嫁ぐは武士が戦争に行くのと一つことだとも、お倫はいっていたそうじゃ。親の言葉に従って、お倫は黙って嫁いで行ったのじゃ。そなたへの思いも、胸のうち深く包んでな」

「……」

「わしには、それがわからなかった。それはやはり、そちもいったように、二人が幼い時から親しく育っていたためであろう」

「……」

「弥平次。今になって、そなたにお倫を娶《めと》ってくれというのは、あまりにも身勝手なねがいであろうのう」

「え？　わたくし奴《め》に……」

弥平次の顔におどろきの影が走り、すぐに喜悦の色に変った。その弥平次の顔を見ながら、

「身勝手とは重々思うが、どうであろう。弥平次、この際お倫と添いとげてはもらえぬか」

「殿！」

弥平次は平伏した。その手がわなわなとふるえている。さすがに感動の高まりをおさえかねているようであった。やがて、平伏する弥平次が、畳にぽとりと大きな涙を

落したのを、光秀は見た。

「礼をいうぞ、弥平次」

光秀の声もうるんだ。

「かたじけのう存じまする」

ようやく弥平次は顔を上げた。

「今度こそ、わしもよいむこを得た。お倫もさぞ喜ぶことであろう」

「はっ」

いつもの弥平次に似合わず、堅くなっている。

「弥平次。お玉を嫁がせる時も、わしは辛《つら》かったぞ」

「と申しますると？」

「初之助がお玉を思っていた」

「初之助が？ それは身のほどしらずというもの」

「とはいえまい。人間、人を恋うるに身分の上下はない。いや、人間には本当に上下があるのか、どうか。戦さに死んで行く者の姿を見ていると、下賤《げせん》といえども天晴《あっぱ》れに死ぬ者もあり、将といえど、見苦しく死ぬ者もある。とにかく、わしは初之助があわれでならなかった」

「……」

「弥平次、そちも初之助を一層かわいがってやれ。あれは、玉子をめとることはおろか、顔を見ることもなく一生を終るかも知れぬからのう」

「かしこまりました」

「まことにこの天正七年という年は、大変な年であったのう。母上のことといい、荒木のことといい、不幸な年であったが、そちのおかげで、先《ま》ずはめでたき年を迎えることができそうじゃ」

二人は顔を見合わせて笑った。

ジュスト高山右近

明けて天正八年正月九日、明智光秀は細川藤孝、忠興父子をはじめ、高山右近ら数人を坂本城に招いて茶会を催した。

その帰途、細川父子は、右近を勝竜寺城に誘った。右近を招くことを思い立ったのは、藤孝である。

高山右近は、荒木村重方につかず、織田信長に高槻《たかつき》城を明け渡した。そのことが、信長の心証をよくした。村重一族が亡《ほろ》びた昨年の暮、信長はあらためて右近を高槻城の城主とし、旧に倍する領地を与え、四万石の禄《ろく》を取らせた。のみならず、もともとキリスト教に好意をよせていた信長は、キリスト教保護を天下に宣言し、朱印状を発布した。

この様子を見守っていた細川藤孝は、右近を招いて一席を設けることにしたのである。右近の武勇や、その品性に敬意をいだいていたことも無論であるが、信仰篤《あつ》い右近に、信長のキリスト教援助の内容や、本願寺派制圧の見通しを尋ねたいという思いが強かった。より多くの情報を集めるというのが、細川藤孝の処世の重要な起点であり、更にそれは若い忠興にも引きつがれつつあった。

いま、細川家勝竜寺城の客殿に、二十八歳の高山右近を囲んで、藤孝、忠興、その弟の頓五郎興元、そして玉子とその侍女清原佳代が並んでいた。藤孝の室麝香《じゃこう》の方《かた》は、昨年生まれた娘の千《せん》が風邪をひき、高熱を発していたので、この席には顔を出してはいない。

床の間には、藤孝がこの年の元旦《がんたん》に吟じた句、

春といへば雪さへ花のあしたかな

の色紙が掛けられてある。

「なるほど、正月なれば、降る雪さえも、花の如《ごと》き心地であられたか」

右近は句を賞してから、

「今年の元日は、一日雪が降りつづきましたな」

といった。藤孝が応じて、

「全く、地上のすべてを清めるかのように、しんしんと降りつづきましたわい」

「父上、雪が降って何もかも清められるものなら、幸いなことでござりまするな」

頓五郎興元が笑った。体は兄の忠興よりも大きいが、笑うとやはり十六歳の表情となる。

「興元殿には、清めに関心がおありか」

「いや、わたくしめの関心は、勝つことのみにしかござりませぬ」

照れたように興元は玉子をちらりと見た。興元の視線が、ともすれば玉子に行くのを、父の藤孝は先程から感じている。玉子は静かな微笑を興元に送った。

玉子は玉子で、先刻より、右近と和気あいあいの中《うち》に語り合っている藤孝、忠興の様子を眺めながら、男の世界の不可思議さを感じていた。

一年余り前、藤孝父子は、右近の攻め手となっていた。父明智光秀を援《たす》けて、高槻城に向ったのだ。いわば、右近と光秀、藤孝らは、互いに敵であった。

それが、今は光秀が右近をも茶会に招き、その帰途、こうして藤孝父子が心をこめて歓待している。藤孝父子も、曾《かつ》ては荒木村重とも、このような歓をつくしながら、のちには戦さを交わす立場にまわった。一体この男たちの心の底には、いかなる思いがうごめいているのか、玉子はふしぎでならないのだ。

玉子にとって、荒木一族は姉の倫の嫁ぎ先である。その荒木一族を高山右近は見捨てたのだ。止《や》むを得ぬ事情を既に佳代から聞いてはいるものの、右近に対するわだかまりが、たやすく消える筈《はず》はなかった。しかも、今宵《こよい》はじめての面識である。

玉子はあらためて、右近に目を注いだ。

体格のよい、何ごとにも動ぜぬような正しい姿勢は、噂《うわさ》にたがわぬ天晴《あっぱ》れの武将に見える。しかもその柔和な表情と、澄みきったまなざし、謙遜《けんそん》な態度は、聖僧のようにさえ思われて、玉子を戸惑わせた。

「ところで右近殿、荒木村次殿は、安芸《あき》でいかなる正月を迎えられたことであろうのう」

忠興が盃《さかずき》をおいて、村次の身に触れた。信長の若い頃によく似た戦闘ぶりであるといわれる十八歳の忠興は、不躾《ぶしつけ》なほどに遠慮がない。藤孝が眉《まゆ》をひそめた。お互い、触れたくない話題である。が、右近は穏やかに、

「痛ましきことながら……正月をお迎えなさるという心地ではござりますまい」

と、その切れ長な目をふせた。

荒木一族六百六十余名が、信長によって、あるいは磔《はりつけ》となり、あるいは焼き殺されて、まだ一カ月とは経《た》たぬのだ。頓五郎興元が更に無遠慮にいってのけた。

「右府殿の、天下布武《ふぶ》の旗じるしはどくろ故《ゆえ》、右府殿に敵すれば致し方なきことよ」

右近の目がかすかにくもった。

「頓五郎、口をつつしむがよい」

藤孝がたしなめた。

(天下布武の旗じるしはどくろ……)

玉子は心の中でつぶやいた。

武将たちは、この、どくろの旗じるしに怯《おび》えて、戦いたくもない相手と戦っているのではないか。信長に敵する者は、死を選ぶしかない。それが恐ろしさに戦っているのではないか。

(いや、もしかしたら……)

どの男の胸の中にも、「天下布武」のどくろの旗じるしのついた旗が、ひそかにはためいているのではないか。ふっと玉子はそう思い、忠興、藤孝、右近の顔を見た。そして、父明智光秀の静かな顔を思い浮かべた。

「のう、右近殿、石山本願寺は一体どうなることであろうのう」

藤孝がさり気なく話題を転じた。

大坂の石山本願寺城は、天下を制せんとする信長にとっては癌《がん》であった。足かけ十一年前の元亀《げんき》元年以来、本願寺とは熾烈《しれつ》な戦いが繰返され、双方共に幾万もの人々が血を流してきた。にもかかわらず、本願寺は信長に降《くだ》らない。

曾て信長と戦った朝倉も武田も浅井も、結局は本願寺と結びついていた。荒木村重も、その本願寺側に寝返った形になった。その上、信長の長年攻め悩んでいる毛利も本願寺を援助している。信長に敵する武将は、すべて本願寺を援けるのだ。はじめは、

(たかが、坊主《ぼうず》が!)

といった軽侮の念を持った信長も、今日までの十年間、どれほど本願寺の僧兵、及び門徒の、無気味なほどの底力に脅やかされたかわからない。

従って年が明ける毎《ごと》に、信長はじめ、信長配下の武将は、本願寺との戦いの結末が

心にかかるのだ。

「さて、吾々若輩《われわれじゃくはい》には、確たる見通しもございませぬが……」

右近は腕を組んだ。

「わしは、信仰のことはよくわからぬが、この十年石山本願寺の門徒衆の働きを見て参るに、武士よりも門徒衆の結束は実に堅うござるな」

「かも知れませぬ」

「何故でござろうの、右近殿」

藤孝は、右近を見つめた。

「それは、清原マリヤ殿のほうが、よくわかってござる」

右近は、玉子の傍らに、ひっそりと侍《はべ》っている佳代を見た。その視線の中に、いとも親しげな思いがこめられているのを玉子は感じた。それは、男と女のあの妖《あや》しい情ではない。言いがたい親しげなまなざしながら、決してねばつく視線ではない。これが、信を同じゅうする者の親しさかと玉子は思った。

「いえいえ、ジュスト様、わたくしなど、ただ天主《デウス》にお仕えするはしため、とてもそのようなことなど……」

「いや、マリヤ殿の信仰は、われらの光じゃ。マリヤ殿には、われわれ足もとにも及びませぬ」

お互いに譲り合う右近と佳代の姿を見ていた興元がいった。

「何を話しておられるのやら、われらにはさっぱりわかり申さぬわ」

右近は苦笑して、

「なぜ門徒衆の結束が、武士の結束よりも強いのかという、細川殿のお尋ねでありましたな」

「さようでござる」

「それは、御仏《みほとけ》を信ずる彼らには、この世に恐ろしいものがないからではござらぬか」

「この世に恐ろしいものがない？」

「いかにも。彼らは権門を恐れませぬ。織田殿がいかに強くとも恐れませぬ。しかし、武士はともすれば自分より強いものを恐れまする。強き者になびき勝ちでござる」

「なるほど、門徒衆は権力を恐れぬといわれるか」

「は、しかしながら、この世に恐れるものは持ちませねど、あの世に恐れを持っておりまする」

「あの世に？」

「は、地獄に堕《お》ちることを恐れておりまする」

「なるほどのう、地獄に堕つるを恐れて、顕如上人《けんにょしょうにん》をよう裏切ることはせなんだと申さるるか」

「はい、上人を裏切って地獄に堕つるよりは、喜んで死ぬ者ばかりでございましょう」

「なるほど、されば織田殿の手を焼かるるも道理じゃ」

「荒木殿の配下が、本願寺城に夜な夜な米を舟で送りましたるも、あれは、利に目がくらんでのことか、あるいは信者の一人としてなしたることか、真実のところはわかりませぬ」

「おお、さようであったか。米をひそかに敵に運ぶとは、単なる利欲にしては、命を張っての大胆な所業じゃ。恐らくは信徒であったにちがいあるまいて。それにしても、織田殿には武器を売らぬという門徒衆もいることじゃ。はてさて、信徒というものは扱いづらいものじゃのう」

今更のように、藤孝は慨嘆した。

「しかし父上、今年こそ織田殿は、本願寺を降すのではないかという噂を聞いておりまするが」

それまで黙って藤孝と右近の話を聞いていた忠興が口をはさんだ。

「ほほう、それをそなたは誰に聞いた？」

「いや、昨日の茶会のあと、ちらりと惟任《これとう》殿がいっておられた」

「なに？　光秀殿が？　右近殿も聞かれたか」

「いえ、わたくしは伺いませぬ。が、わたくしは、今年は織田殿も本願寺と和議を結ぶのではないかと存じております る」

「何？　和議とな」

「はい。一昨年、勅令にて織田殿は本願寺と和議を結ぶ筈でござりました」

その時点では、さすがの信長も、毛利氏との対決に追いこまれていた上、荒木の謀《む》反《ほん》にあって動揺していた。信徒や僧兵の底力にもいささか侮《あなど》りがたい脅威を感じていた信長にとって、和議の勅令が降りたことは幸いであった。信長は早速、本願寺及び毛利氏とも和議を成立させるべく手配しようとした。

ところが、荒木村重配下の中川清秀が、信長のもとに帰った。この一事が信長を安心させる結果になった。信長は和議を撤回した。不利な和議を結ぶよりも、やはり戦うべき時と判断したのである。

信長は、六隻《せき》の戦艦を造り、銃砲をこれに備えた。水路から本願寺を援助していた毛利軍を射《う》つためである。

本願寺は既に、味方の朝倉、浅井をはじめ、比叡山の僧侶《そうりょ》たち、松永弾正《だんじょう》その他諸国の門徒衆を信長によって亡《ほろ》ぼされていた。更に今は荒木村重も毛利方に逃げた。(村重はその後剃髪《ていはつ》し道薫《どうこう》と称して茶人となり、信長亡《な》きのちは秀吉に招かれて茶の湯を以《もっ》て仕え、利休七哲の一人と数えられるに至る。が、最後は自害して終る)その毛利氏も、この頃は織田勢の前に日々敗色が濃くなり、本願寺を援助した昔日《せきじつ》の影はない。

従って、本願寺は今、孤立無援にひとしかった。一昨年とくらべて、信長ははるかに優位に立っていた。信長にとって、有利な和議を結ぶ好機ともいえる。この上は、窮鼠《きゅうそ》猫を嚙《か》むことになるやも知れぬ本願寺の門徒衆や僧侶と戦うよりも、そのほうが賢明というものである。

右近はこの間の事情を、一つ一つ思慮深く言葉をえらびながら、藤孝に語った。

「さような次第で、そのうち、必ず和議の勅令が、再び朝廷より降ることと、わたくしは存じております る」

右近の言葉に耳を傾けていた忠興が、不審気にいった。

「しかし高山殿。先程貴殿は、門徒衆は権力を恐れぬ、死をも恐れぬと申されたではござらぬか。権力をも死をも恐れぬ者が、何条やすやすと和議を結びましょうや」

「仰《おお》せの通り、彼らは何ものをも恐れませぬ。しかし、前の御門跡、顕如光佐様はおそらく和議を結びましょう」

「なぜでござる」

「すべての僧や門徒衆が失《う》せ果てては、仏道も亡びまする。生きのびる者がなくては、仏の道もわが国から亡び去りましょう」

「なるほどのう」

藤孝は脇息《きょうそく》に身をよせて深くうなずき、

「右近殿は、お若いが先を読んでおられる。やはり信仰の道は異なっても、右近殿も信者、さすがに吾々とはちがった何かをお持ちのようでござるな」

「痛み入ります。何分若輩にて……」

右近は目をふせた。(この右近の予測通り、この年三月信長は本願寺と和議を結んだのである)

右近は、荒木村重と袂《たもと》をわかち、高槻城を信長に開城する時、大名生活を捨てようとした。右近は決して、単に信長に従ったのではなかった。大忠を全うすべく開城したのである。信長がキリシタン保護の約束さえしてくれるならば、右近はそのままキリスト教伝道に専心しようと決意したのである。

それが、結局は信長に乞《こ》われて、やむなく再び軍扇を持ったのであった。そのことは、右近の深い痛みとなっていた。

右近が高槻城を開城するべく信長を訪れた時、信長は小躍りせんばかりに喜び、着ていた小袖《こそで》をその場で脱いで右近に与えた。そのなまあたたかな信長の体温のこもった小袖を、右近は複雑な思いで受けた。

その折、信長は最も愛着を持っていた秘蔵の名馬早鹿毛を、吉則《よしのり》の名刀と共に与え、かつ領土を倍にさえしたのである。

（あの時……）

右近は、あのなまあたたかい小袖にこもる信長のかなしさを感じとったのだ。信長がその場で、小袖を脱いだという率直な態度にも右近は打たれはした。分別も行儀作法もない粗野な喜びの表現だが、その喜びようには真実がこもっていて、心地よかった。

が、それだけにまた、

（これが信長殿の喜びか）

と、何かむなしさを感じたのだ。武人として、右近も勝つことの喜びは知っている。

しかし、小袖と名馬と愛刀と、領地を与えるほどの喜びの内容は、武人の道を捨て、この世の一切の栄誉を捨てようとした右近には、ひどく貧しく思われたのである。

（勝つことが、最高の喜びなのか）

それでよいのかと、右近にささやく内なる声があった。その内なる声を聞いて、信長をあわれに思ったといえば、人は傲慢《ごうまん》に過ぎると笑うかも知れない。が、右近は、人間もっと深く聖なる喜びが、別にあることを知っているのだ。

高槻城の城主でありながら、貧しい寡婦《かふ》に慰めの言葉をかけ、病める者を見舞い、悩みある者の嘆きを聞くことを知った右近は、勝つことよりも、神に仕える喜びの大きいことを知っているのだ。

右近は信長の小袖を受け、この敵の多い主君に今迄《いままで》通り仕えよう。恐れられても、愛されることのないこの信長に仕えようと思ったのである。そう決意したのだったが、やはりあの時、あのまま武将の生活を捨て、神父《パアデレ》を助けて日々伝道に励んだほうがよかったと、今なお心の痛む右近であった。

その右近を細川藤孝は見守り、

「いや、年はお若いが立派なものじゃ。織田殿が、何としても右近殿を敵に廻したくはなかったお気持も無理からぬて」

「父上」

頓五郎興元がいった。

「何じゃ」

「僧や門徒衆といい、右近殿といい、信仰者は皆強うございますな」

「うむ、それで?」

「わたくしめも戦さに強くなるために、キリシタンになろうかと思いまするが」

藤孝は何もいわず微笑した。

「頓五郎、戦さに強くなるためにキリシタンになる者はないぞ。強い信仰を持ってこそ、神や仏の加護があろうというものよ」

兄の忠興がたしなめ、声を上げて笑った。忠興の言葉に、佳代がかすかにうなずいた。

確かに、信長の右近に対する執着は大きかった。昨年信長は、安土に右近の邸《やしき》をつくらせた。高槻に城を持つ右近の別邸である。殷賑《いんしん》の地に邸を与えられることは名誉なことであった。もっとも、それは安土に右近の親族を置くことであり、ていのよい人質であったかも知れない。とにかく、信長はそれほどに右近との絆《きずな》を堅くしておきたかったのである。

その上、右近の望むままに、安土にキリシタンの教会建設を許した。信長は、安土の町に新しく寺を建てることは、許さなかった。以前からあった古い寺は、やむなく黙認という形をとっていた。だから、キリシタンの教会建設はなおのこと許可せぬものと思っていたオルガンチノ神父は、これを聞いて甚だしく喜んだ。

教会建設には、信長は極めて積極的で、今年の春には、土地を与えることになっていた。教会側も三階建の神学校《セミナリヨ》を建てる計画を持った。無論この中に礼拝堂も設けられるのである。

その計画は、新しがりやの信長を喜ばせた。天下の安土の街に、人目をひく大きな建物が建つことは、即《すなわ》ち信長の威を示すことになる。とにかく、右近の望みがこのように易々として信長に受け入れられたことは、信長の右近に対する信頼の程が、いかに大きかったかを現すものである。それのみか、

「わしは信者にはならぬが、長子の信忠は、キリシタンとなるであろう」

と公約さえしたのである。

もともと、信長自身は神も仏も信じてはいなかった。ルイス・フロイス神父の書によれば（このフロイスは、信長に会見した回数が、記録に残っているだけでも、十七回に及ぶという）、

「彼（信長）を支配していた傲慢さと尊大さは非常なもので、彼自身が礼拝されることを望み、彼、即ち信長以外に拝礼するに価《あたい》する者は誰もいないというに至った。（中略）自らが単に地上の死すべき人間としてでなく、あたかも神的生命を有し、不滅の主であるかのように、万人から礼拝されることを希望した」

と書かれている。

なお、フロイスの書によれば、信長は単に漠然とそう望んだのではなく、自分を礼拝する場として総見寺《そうけんじ》という寺院を建て、自分を拝む者にたまわるあらたかなご利益《りやく》を並べたてた。いわく、富裕となる。いわく、子孫と長寿を与えられる。病いはたちまちにして癒《い》え、健康と平安を与えられる等々である。

しかも、信長の誕生日を聖日として参詣《さんけい》せよ。これを信ぜぬものは、現世は無論のこと、未来永劫《えいごう》に至るまで亡びるというのである。

このような信長が、右近の希望通り、安土に三階建の礼拝所及び神学校《セミナリヨ》の建立《こんりゅう》を許可したのは、あるいは本願寺派の仏徒一門に対しての、一つの布石であったかも知れない。

また、昨年の、つまり天正七年八月に、信長は京都で大芝居を打っている。

それは、オルガンチノ神父と半盲のロレンソが、信長を宿である寺院に訪ねてきた時のことである。信長にとっては、寺院は宿としての利用価値以外には認めるに足らぬものであった。寺院は大勢の従者が泊り得るだけの広さがあるからである。

信長を訪ねたオルガンチノ神父たちは驚いた。広間には武士諸侯がものものしく詰めかけている。何ごとであろうと戸惑う神父たちに、一段高い広間から、信長はそのかん高い声で、

「おお、お見えになられたか。さ、さ、こちらへ」

と、丁重に自分のすぐそばに通した。神父たちが、信長の目近にすわって挨拶《あいさつ》する様子を武将たちは一段低い広間から、あたかも芝居を見るように、みつめていた。

信長は人々に聞えるように、つとめて大声で、

「その後、お障《さわ》りもござらぬか」

「近頃は、どこかに旅をなさっておられたか」

「お国から、ご消息がござったか」

と、珍しくていねいなものの言いようである。

信長は、外にいる武士や僧侶たちにも、話の内容が聞えるように、戸や窓をことごとく開け放たせていた。旧暦八月で、まだ残暑がきびしい。庭に詰めている武士や僧のひたいから汗がふき出ていた。

信長は小声で神父たちにいった。

「今日は問答をする。時々、荒々しく怒っても見せるが、これは本心からではない。キリシタン布教のためじゃ。いかなる態度にも驚かず、落ちついて、人々によく聞えるように答えてほしい」

この日、こんな企てがあるとは知らなかった神父たちは、一旦《いったん》は驚いたが、信長の言葉を諒承《りょうしょう》した。

信長は脇息によりかかり、くつろいだ様子を見せ、

「師たちも楽になされ」

と親し気にふるまい、

「どうだ、わしは遠からず仏教の寺院は一寺残らず取り上げて、キリシタンの教会に一変させてしまう所存だが」

オルガンチノは、これを冗談として辞退した。が、信長は断乎《だんこ》として、

「わしは思い立ったことは、やらねば気がすまぬのだ」

と宣言した。この言葉を聞いた僧の中には、即刻財産を処分して逃げたものもあったという。

「西欧にも大名はいるのか」

「天皇はいるのか」

「本当に天国や地獄があるのか」

あると答えると、信長はにわかにいきり立ち、

「何？　天国、地獄があると申すか。では、それがあるという確かな証拠を余に見せい」

と大声でどなった。

修道士《イルマン》のロレンソは、半盲のその澄んだ目をうつろに見開いて、信長の言葉に耳を傾けていたが、にっこり笑って、

「かしこまりました。証拠をお見せ致しましょう」

と頭を下げた。ロレンソとは霊名で、彼は肥前《ひぜん》生まれの琵琶《びわ》法師であったが、フランシスコ・ザビエルから受洗、外人宣教師、神父たちの日本語の教師となり、且《か》つ通弁をしていた。頭脳明晰《めいせき》、且つ甚だ雄弁家で、右近父子も彼とは親しい間柄であった。

「いかにして天国、地獄の証拠を見せるぞ」

「では、天国、地獄、いずれにてもご案内つかまつりましょう！」

「おお！　案内してもらおうぞ」

信長が立ち上がると、

「殿、それではご案内申し上ぐる故《ゆえ》、わたくしと共に、ここにて御腹を召されませ」

「何⁉ 切腹せよとな」

「はい、死ねば、天国、地獄に参れます故」

信長はとたんに大声を上げて、

「参った！ 参ったぞ。わしはキリシタンに負けた。右近、助けてくれ」

と、広間にいる右近を見た。

ロレンソはその半盲の目を閉じて、人間は皆罪深いものであること、神はその人間の罪を救うために、キリストを十字架にかけ、人間の罪を帳消しになされたことなどを、力強く語りはじめた。

何のことはない、伝道集会である。説教が終るや否《いな》や信長は、

「皆のもの、キリシタンとなる心の準備をせよ」

とすすめた。人々は、信長も信者になったのかと思う程であった。しかしこれは、信長が、僧たちに対する一つの示威であり、いやがらせであった。

とはいえ、これほどにキリスト教に積極的な好意を見せたのは、右近に対して、

「高槻城を開城するならば、一層のキリシタン護教につとめる」

といった約束を、信長なりに守ろうとしたからでもあった。

にわかに右近は、信長の寵《ちょう》を一身に集めるかに見えた。諸大名は右近に対して、丁重になった。が、右近は黙々と、二倍になった領国の布政につとめて、決して心奢《おご》ることはなかった。

かの、大芝居を、藤孝も忠興と共に見た一人だった。が、芝居であるとは思ってはいない。ただ、大名たるもの、宗教について無関心であっては、領民を治めることにも、敵国と戦うことにも、大きな支障があることだけは改めて知らされた思いだった。

今も、その時のことを話題にしたあと、

「右近殿の領民は幸せでござるな」

「幸せであってほしいとねがっております。領民が不幸せでは、領主に幸せはございませぬ」

思わず玉子は顔を上げた。

（領民が不幸せでは、領主に幸せはない？）

いまだ曾《かつ》て、このような言葉を玉子は聞いたことがなかった。夫の忠興も、しゅうとの藤孝も、そして父の光秀も、このような言葉を語ったことはなかった。

忠興が尋ねた。

「右近殿、では領民の幸せとは何でござろう」

「それは、領主の存在を忘れて暮せることとでも、いうべきでございましょうか」

「領主の存在を忘れる？　それはまたどういうことでござろう」

「つまり、権力に強《し》いられることの何一つない生活でございましょう」

「しかし右近殿、領民などというものは、権力をもって脅さねば、貢も働きも、領主のままにはならぬもの」

「いや、領主も領民も同じ人間でござる。心と心で結ばれねばなりませぬ。わたくしは天主《デウス》の愛によって、人間の一人一人が等しく尊いものであることを知りました」

「我々と領民が等しい人間だと、右近殿はいわれるのか」

「さようでござる」

忠興はむっとしたように、

「では、右近殿、貴殿は権力をもって領民に信仰を強制したことはござらぬか」

「忠興殿、信仰は権力で強制できるものではござりませぬ。天主は〈肉体を亡《ほろ》ぼしても、魂を亡ぼし得ぬ者を恐るる勿《なか》れ〉と申されておりまする。われわれ大名といえども、いわば魂までは亡ぼし得ぬものでござる。信仰の強制など、何の役に立ちましょうや」

玉子には、右近の言葉の一つ一つがひどく新鮮に思われた。

海老沢《えびさわ》有道氏もその著「高山右近」の中で、

「彼（右近）は決して改宗を権力をもって強制することはなかった。彼はみずからの言動をもって領民にも大名とは到底思われぬほどの謙虚さと愛とをもって交わった。領民にそれを示した。（中略）模範を示し、キリシタン精神にもとづく政治を行って、領民にそれを示した。（中略）そして、それに感化された人々は、すすんで説教を聞き信者になるのであった。もちろん彼は異教徒に説教を聞くよう奨励した。しかし常にキリシタンになるもならぬも全く自由であることを強調した」

と書いている。

こうして、やがては二万五千人の領民のうち一万八千人がキリシタンになったわけであるから、その領内の結束は堅かったであろう。本願寺に手を焼いた信長が、右近を自分の陣営にひき入れたかったのも故なしとしないのである。

この右近にはじめて会った玉子は、その高潔な人格に強く惹《ひ》かれた。忠興もまた、この日の右近との親しい語らいの中に、畏敬《いけい》の情を持つに至った。

これが縁で、その後右近は、幾度となく忠興を訪ね、忠興もまた高槻城に右近を訪れるようになっていった。

匂《にお》い袋

忠興の体が、玉子の胸の上からはなれた。

「お玉、よい子を産めよ」

忠興は、玉子の腹部に手を当てた。

「はい」

二人の初めての子が、四月には生まれるはずであった。

「あと、九十日あまりか」

満足そうに忠興はつぶやいて、布団《ふとん》の上に腹這《はらば》いになった。枕《まくら》もとの灯が、ゆらゆらと小さく揺れたかと思うと、ジジーッと鳴って消えた。油がきれたのであろう。

玉子は闇《やみ》を凝視するように、目を見開いていた。

「男の子を産めよ」

もう幾度も言ったことを、忠興は今もくり返した。

「はい」

「強い子を産むのだ。わしよりも強い子をな」

「はい」

「何だ、お玉。何を言っても、はいはいと一つ返事をしているではないか」

闇の中で、忠興が玉子のほうに体を向けた気配がした。

「では、いいえとお答えいたしましょうか」

玉子は低く笑った。

「それでよい。それでこそ、お玉だ」

けだるそうな忠興の声がした。

と、間もなく忠興は寝息をたてはじめた。十八歳の忠興の健康そうな寝息である。

玉子はじっと目を見開いたまま、かすかに吐息を洩《も》らした。布団の中に真直《まっすぐ》に伸ばした自分の太ももが、暖かくふれ合っている。玉子はその自分のもののほてりをいとうように、足をかすかに開いた。

（昨夜も……わたしは……）

玉子は身じろぎをし、枕に頰をあてた。

昨夜、忠興の胸の中に抱かれながら、玉子はふっと高山右近の顔を思い浮かべたのだ。途端に、玉子は自分の背に手を廻している忠興の荒々しいまでの抱擁が、右近の抱擁のように思われたのだ。はっと玉子は身をよじった。思いがけない感覚が玉子の体をつらぬいた。

そして、今夜もまた、忠興はいつの間にか右近に代っていたのだ。

(なぜ、右近様が?)

右近にはまだ、一度しか会ってはいない。十日程前である。右近とは、直接に言葉らしい言葉を交わさなかった。その上、右近は、他の男たちが初対面の時に見せる玉子の美しさへの驚きも示さなかった。

はじめて会った玉子に、涼やかな視線を向けただけだし、帰りぎわには、玉子よりもむしろ清原佳代に幾度かそのやさしい視線を投げかけていた。右近のように、玉子の美しさに驚かぬ男性は、曾《かつ》て一人もなかった。どんな男性でも、いや女性ですらも、玉子を見て讃歎《さんたん》の目を見張り、中には「ほう」と声に出す者さえいた。

玉子は右近の言った、

「領民が不幸せでは、領主に幸せはございませぬ」

の言葉に感銘した。偉い人物だと思った。その高潔な人格に惹《ひ》かれただけのつもりであった。

それが、突如、昨夜の閨《ねや》の戯《たわむ》れの中に現れたのである。そして、つづいて今夜も。

（なぜであろう）

玉子には不思議であり、また自分が厭《いと》わしくもあった。

今まで、玉子自身、忠興の妻として、人に指一本指されるようなことはしてこなかった。台所にも、機織《はたおり》にも染色にも、よく精を出して働いた。まだ結婚してそれほどの年月を経ていないとはいえ、忠興に対して全く貞潔であり、こんなみだらな思いをすることなど、無論なかった。

それが、ふいに昨夜以来、玉子は人に言えぬ思いで、右近の幻に二度も抱かれたのである。

（しかし……）

と、今、玉子は思った。自分が右近を思い出そうとしたのではない。ふいに右近の幻影が現れたのだと、玉子は目をとじた。

とじた瞼《まぶた》のうらに、玉子は忠興と右近の二人の姿を浮かべた。物腰も、表情も、右近のほうが、忠興よりもまさって見える。それは、忠興が右近の年齢になれば、そなわるというものではないような気がした。

「領民が不幸では、領主に幸福はない」

などという言葉は、忠興にはいくつになってもいえないような気がした。

若者らしい荒々しさと、繊細な神経とを兼ね持った忠興を、玉子はいとしく思っていた。時にはひどく無邪気で、純真でもあった。忠興は感情の起伏に富んでいた。しかし、玉子は自ら忠興をえらんだのではない。信長の命令によって、二人は結婚したのだ。

もし、忠興と右近と二人を並べて、どちらかを選べといわれたなら、自分はどちらを選ぶであろう。いま、玉子は瞼のうらに浮かんだ二人を並べて、大胆な想像をしてみた。

多分、忠興を選びはしなかったにちがいない。玉子はためらうことなくそう思った。思った途端に、いいようもない思いに胸がうずいた。

もし、信長の命令で自分が右近と結婚したとして、のちに忠興に会った時、自分は同様の感慨を持つであろうか。ふっと溜息《ためいき》をついた時、忠興の寝息がすっと止《や》んだ。玉子ははっとした。忠興はよく、ひと寝入りしてから、再び玉子を求めることがあるからである。が、しばらく息をのんでいる玉子の耳に、再び忠興の寝息が聞えた。

（キリシタンなど、好きにはなれない）

玉子は、自分にいい聞かせるように、そうつぶやいた。玉子は自分で自分の心の動きに気づかなかった。

右近が、玉子の美しさに何の驚きも、讃歎も示さなかったことに、玉子は逆に異性として惹きつけられていたのである。人を恐れることなく、驕慢《きょうまん》に育った玉子の血は、嫁いで静まったかのように見えた。が、その血はやはり生来のものであった。自分の美しさに驚かぬ右近を、玉子はそのままにしてはおけなかったのだ。それが、幻の右近に自分を抱かせたのかも知れない。が、それはあくまで無意識の世界でのできごとであった。玉子自身すら、説明のつかぬ唐突な形で右近は現れたのである。

玉子はその夜明け、夢を見た。幾十頭もの黒い馬の群れが、音もなく走ってくる。どの馬も玉子を目がけて走ってくるのだ。玉子は、馬の群れがぐんぐん目の前に走ってくるのを見つめたまま、逃げようにも足が動かない。叫ぼうにも声が出ない。先頭の馬が大きく迫った。と、その時、すっくと大手をひろげて立ちはだかった男がいる。見ると、初之助だった。

「あっ、初之助」

初之助はじっと玉子を見つめた。澄んだ淋《さび》しげな目であった。今までいた馬は影も形もない。

「ありがとう、初之助」

初之助は何も答えない。初之助はただじっと玉子を見つめているばかりである。そして、その姿は、ふっとかき消すように見えなくなった。

はっと思った途端に、玉子は目がさめた。初之助の夢など見たのは、はじめてである。ふだんは思い出したこともない。が、いま夢の中で見た初之助の淋しげな目が、あまりにもありありとしていて、さすがに懐《なつ》かしかった。

誠実な若者だったと、かげ日向《ひなた》なく働いていた初之助を、玉子は思い出した。それはしかし、初之助が懐かしいというより、父母のいる坂本城が懐かしいという感情であった。初之助は玉子にとって、坂本城の庭の梅や、松が懐かしいのと同様な存在に過ぎない。夢にでも見なければ、思い出すことのない人間であったかも知れない。玉子は夢を見て、初之助が無事に過しているかどうかを思った。

馬に追われた夢のためか、胸が少し動悸《どうき》していた。初之助は、あの馬の群れの前に立ちはだかってくれたと、玉子は夢を反すうした。いかにも初之助らしいと玉子は思った。しかし、なぜ初之助の夢など見たのであろう。

自分を危機から救うために、父の光秀も、夫の忠興も夢の中に現れてはくれなかったと玉子は思った。今日は久しぶりに、父母に便りを出そうと思いながら、玉子はそっと身を起した。

弥平次と初之助は、並んで弓に矢をつがえていた。坂本城内の射場である。ビューンとつるが鳴り、弥平次の放った矢が、少し的を外れてつきささった。つづいて射た初之助の矢が的の真ん中をつらぬいた。

「見事じゃな、初之助」

弥平次は青空を見上げて笑った。二月に近い今日の日ざしは背にあたたかい。

「恐れ入ります」

「百発百中だのう」

「いいえ、まだまだ未熟でございます。弥平次様は……」

いいかけて、初之助は弥平次を見た。

「何だ」

「何でもございませぬ」

弥平次は初之助をかわいがっている。初之助も弥平次の磊落《らいらく》さを敬愛していて、弥平次には時に遠慮のない口を利《き》く。

「何だ？　いいかけてやめるな」

「お怒りになりませぬか」

「時と場合による」

わざと真面目《まじめ》な顔をしてから、ニヤリとして、

「何だ？　いってみるがいい」

「弥平次さまは、お倫さまとの御縁談が決まってから、的から矢が外れるようになられましたな」

「なあんだ。それをいいたかったのか」

弥平次は声を上げて笑い、

「当り前じゃないか。何を見てもお倫どのに見える。的もお倫どのの黒い目に見える。とても当りようがないわ」

けろりとしていった。

「なるほど、弥平次さまはお幸せですな」

片肌ぬいだ初之助の盛り上った筋肉が、うっすらと汗ばんでいる。初之助は再び矢をつがえた。

「お前には、あの的が何に見える？」

初之助はちらりと弥平次を見、一瞬黙ったが、

「的は的にしか見えませせぬ」

と目をつむった。そして、かっと目を開くと、静かに矢を放った。弓づるが鳴り、

矢は再び的を射通した。

「見事！」

率直に弥平次はほめた。

「のう、初之助。お玉どのは四月にはご出産だそうな」

「え？」

初之助の声が高かった。

「お玉どのは、お子をお産みになるそうじゃ。昨日、殿の所に便りがあった」

「……」

「初之助は元気かと、その手紙には書いてあったそうな」

「弥平次どの！」

きっとしたように初之助は弥平次を見た。

「何だ」

「おからかいはご無用にねがいまする」

「何を怒っている」

「弥平次どの。あのお方が、わたくし奴《め》の安否など問われるはずはござりませぬ」

「だが、問うてきたのだ」

初之助は黙って肩を入れ、一礼してさっさと立ち去ろうとした。

「待て！　初之助」

立ちどまって初之助は、自分の爪先《つまさき》に目を落した。草履を突っかけた素足の指があかい。

「からかってなどは居《お》らぬ。何のためにわしがそなたをからかうのだ」

「……」

「まあ、ここにかけよ。ちょっと話がある」

射場の片すみの大きな石に、弥平次は腰をおろした。初之助もいたし方なく弥平次の傍らに腰をおろした。

「お玉どのは、そちの夢を見たそうじゃ」

「夢を？」

「うむ。何でも、馬の群れに追われているお玉どのを、そちが救ったのだそうだ」

「……」

「それを、手紙の末尾に記しての、お前の安否を尋ねてきたのだ」

「……信じられませぬ……」

玉子の美しい寝姿を、初之助は想像した。その夢の中で、あの玉子を自分が救ったなどとは、いくら夢であっても初之助には信じがたいのだ。

「では、わしが嘘《うそ》をいって、お前をからかってでもいると思うのか」

「……」

「もし、嘘と思うならば、殿にお尋ね申してみよ」

「……」

「のう、初之助。そちはお玉どのを……思っているのであろう」

「いえ、そんな……滅相もござりませぬ」

「よいわ。のう、初之助。わしはそちの気持がよくわかる。わしも、お倫どのが荒木どのに嫁いで以来、辛《つら》い思いであったからのう」

初之助は弥平次を見た。

「それが、荒木殿の謀反《むほん》で、不縁になって帰ってこられ、思わぬことに、わしが娶《めと》ることになったのだが……。ついこの間までは、わしも、そなたと同じ思いじゃった」

「……しかし、わたしめはお玉どのを思ってはおりませぬ」

「思っておらぬなら、おらぬでよい。だが、想《おも》ってもおらぬ者が、今のように、すぐかっと怒るであろうかのう」

「……それは……」

「よい機会だから、わしは申すのだ。お玉どのが、たとえ、何か不慮の出来ごとで、お倫どののように不縁になって……」

いいかけた言葉を断ち切るように、初之助はきっぱりといった。

「縁起でもございませぬ。お玉どのは、生涯お幸せにお暮しなさりまする」

初之助の顔を弥平次はじっと見て、

「わかった。所詮《しょせん》かなわぬ恋とあきらめているのだな。いや、かなわぬ恋とは心得ていても、あきらめてはいまい。忘れてはいまい」

「……」

「忘れられぬものよ。わしもそうであった。だから、いうのだ。初之助、そちはお妙をどう思う？」

「お妙どの？」

お妙は二年ほど前から光秀の妻凞子《ひろこ》の侍女となっていた。ことし十七歳。色白の、頬のふっくらとした娘である。

「そろそろ娶ってもよい年だ。そちはたしか今年は二十三歳になるはずじゃ」

「弥平次様、初之助は生涯めとりませぬ。弥平次様も、この間までは、そう申しておられたではありませぬか」

「生涯めとらぬと申すか」

「はい、めとりませぬ」

主君の光秀にも、流浪《るろう》の日があった。光秀の従弟《いとこ》の弥平次も、光秀と流浪したことがあった。初之助自身、かつては一漁民の小倅《こせがれ》にしか過ぎなかった。それが今は士分に取り立てられ、騎馬をゆるされている。今の時代は強い者、器量のある者が出世をする。反対に力のない者は、たとえ将軍の座にあっても、足利義昭のように追われてしまう。実力の時代なのだ。よい時代だと初之助は思っている。

初之助は強くなりたいのだ。世に出たいのだ。玉子の夫の忠興よりも、上になりたいのだ。

(まだ、俺は若い)

いま、初之助の胸は常よりふくらんでいた。玉子が自分の夢を見てくれたことが、初之助を鼓舞したのだ。どんな美しい寝姿で自分の夢を見てくれたのかと初之助は思う。いつの日か、自分は玉子に、堂々と会う日が来るような気がする。もしかしたら、玉子が夢を見てくれたように、玉子を救うために玉子の前に現れることがあるかも知れないのだ。だが、そんな胸のうちは、弥平次にも語れぬことであった。

「初之助」

伏目になってあれこれ考えている初之助を、弥平次は痛ましそうに見た。

「はい」

「お玉どのへの、そなたの思い、他言はせぬ」

「ありがとうござります。……ところで弥平次様。人妻を恋うることは、やはり道に外れたことでござりましょうか」

「うむ。そうであろうの。しかし、わしはお倫どのを思うことを、道に外れているなどとは思わなかった。わしはお倫どのが嫁がれる前から思っていたのだ」

「弥平次様、実はわたくしめも同じでござります。自分が先に思っていたお方を、無法にも取り去られた、そんな思いがしてなりませぬ」

「人間、自分の都合のよいように解釈するものだ。やはり人妻は人妻、思いをかけてはならぬことになっている」

と知ってはいても、おさえがたい胸の炎を、どのようにして消すべきか、自分にはわからぬと初之助は思った。

先程も、玉子が忠興の子供を産むと聞いた瞬間、初之助はめまいがするほどの衝撃を受けた。結婚した以上は、やがては子を産むことと知っていながら、いいようのない嫉妬《しっと》の感情が身を貫いたのだ。

玉子の嫁入りの日であった。輿《こし》より降り立って、身じろぎもせず野の彼方《かなた》の夕日をみつめていた玉子の姿が、初之助の目にありありと焼きついている。あの日以来、夕日の沈むのを見るごとに、初之助は花嫁姿の玉子の美しい立ち姿を思っては、胸をしめつけられてきたのである。

(あの時は、まだ乙女だったのだ)

初之助はそう思い、忠興への敵意をひそかに燃やしつづけて来た。

(強くならねばならぬ)

すっくと初之助は立ち上がり、再び片肌をぬいだ。

「まだ射るのか」

「はい、いま少し」

日ざしは暖かいとはいえ、琵琶湖を吹きさらしてくる、陰暦一月下旬の風はまだ寒かった。

初之助は弓に矢をつがえた。祈る思いで放った矢は、的を二寸ほど外れて、左上に斜めに突きささった。初之助は唇をかんだ。

天正八年四月二十七日夜、長岡のあたりに激しい雷雨があった。天を切りさくような稲妻が走り、たらいを返したような雨が降る中で、玉子は勝竜寺城内で第一子を産んだ。目の大きな、まるまるとした男子であった。忠興は男と聞いて喜び、

「雷雨の中で生まれたから、雷之助と名づけようぞ」

といった。藤孝は、

「雷は落ちるものじゃ。この子の運が落ちるようで、縁起の悪い名ぞ。熊千代《くまちよ》はどうじゃ。強そうだし、千代八千代の千代がつけば、縁起もよい」

といった。

こうして、雷雨の夜に生まれた男子は、祖父の細川藤孝によって、幼名を熊千代と名づけられた。

ちよろずに強くぞあれな熊千代と
名づけて乞《こ》い禱《の》む神々の前

藤孝は直系の孫の出生を祝って、短冊《たんざく》に歌をしるした。この熊千代が、のちに父と同じく与一郎と名乗り、成人して忠隆となったのである。

熊千代が生まれて五十日程経《た》った。六月も半ばのくもり日である。乳母のこうに熊

千代を抱かせて、玉子は庭に出ていた。

長い間、信長に抵抗した大坂の本願寺光佐をはじめ、宗徒たちも和を結んで退き、藤孝は丹後を、光秀は丹波をあらかた平定して、このところ、のどかな日がつづいていた。

こうは、体格のよい女で、柔和だった。京都の商家の出で、ものごしもやわらかい。熊千代は、こうの腕の中で、玉子を見てにこっと笑った。玉子は両手をさしのべて熊千代を抱きとり、

「おこうは、さがって少しおやすみなさい」

「でも……」

「よろしい、おさがりなさい」

玉子は少しでも長い間、熊千代を抱いていたいのだ。

「はい、では……」

むつきの洗濯を、おこうは気になっていた。小腰をかがめて会釈《えしやく》をすると、小走りに去って行った。

時折涼しい風が吹き過ぎ、その度に城外の竹林のさやぐ音が聞える。勝竜寺城は、城と呼ぶよりも、寺と呼んだほうがよいほどの、小さな城である。

蟬《せみ》の声がしきりにする。とけ入りそうにやわらかなわが子の感触を腕に感じつつ、玉子は、右に左に静かに体を揺する。熊千代を産んで、玉子の肌はいよいよ白く、いよいよなめらかになった。熊千代をみつめて伏目になっているその長いまつ毛が、時折静かにまたたく。

(この子がおなかにいた時……)

玉子は幾度か右近の幻に抱かれた自分を思っていた。それは、誰にも知られてはならぬことであった。誰にも知られてはならぬかくしごとが胸の中にあることに、玉子の心は冴《さ》えない。

「熊千代どの」

玉子はそっとわが子の名を呼んだ。熊千代は、玉子の声にまたしてもにこっと笑う。

「そなたの母は、いけない母じゃ」

つぶやくように玉子はいう。熊千代はじっと玉子をみつめている。

「そなたの母は、いけない母じゃ」

再び玉子はいった。自分の心の中に、思いもかけない奔放な情があるのを玉子は知った。それは、娘時代には、夢にも思わぬ思いであった。

肉体の中に、自分でも制し得ぬ、もう一つの心があるのだ。あれ以来、自分は右近を求めてもいないのに、右近は現れるのだ。

「そなたの母は、みにくい母じゃ」

またしても、そうつぶやいた時である。

「何のみにくいことがあろうか」

背後に声がした。忠興の弟の頓五郎興元である。

「ま、頓五郎さま」

思わず玉子は頬を染めた。自分の秘密を聞かれたような気がしたのだ。

「熊千代」

頓五郎は、両手をさし出した。玉子が熊千代を渡そうとした。その時、玉子の手と頓五郎の手が触れた。瞬間、頓五郎ははっと手を引いた。

「あっ！」

思わず玉子は声を上げた。もし玉子が、全く手を引いていたならば、熊千代は土に落ちるところであった。

「どうなさいました？」

危うく熊千代を抱きしめて、玉子は少し咎《とが》めるようにいった。

「いや、申し訳ない」

頓五郎は顔をあからめた。

「もう、熊千代を抱かせては、さしあげませぬ」

玉子はやさしく興元をにらんだ。興元は毎日のように、熊千代を抱きにくるのだ。いつもは乳母の手から渡されるが、今日は玉子の手からである。頓五郎は玉子の手にふれた途端、反射的に自分の手を引いてしまったのだ。頓五郎興元にとって、玉子がどんな存在であるのか、玉子自身は気づいていない。

「いや、抱かせてくだされ」

頓五郎にとって、熊千代は、まさしく玉子の分身なのだ。熊千代のやわらかな体は、頓五郎にとって、玉子自身なのだ。

熊千代を抱く度に、頓五郎は、この赤子は玉子の胎内に十月《とつき》十日いて、その美しい体の中を通って生まれたことを想像するのだ。

「興元さまは、本当に子供好きですこと。では、こんどは落してはなりませぬ」

玉子は慎重に熊千代を手渡した。

「よう、熊千代、今日は危なかったなあ」

興元は熊千代の白い頬に頬ずりをした。

「姉上さま。この熊千代を興元奴《め》に下さりませぬか」

「ま、何を仰《おお》せられます」

「いいではござらぬか。お子はまた生まれましょう」

「そんなに赤子《やや》がお好きなら、頓五郎さまこそ、早うご結婚なされませ」

「いや、娶《めと》って子をなすより、貰《もら》ったほうが手っとり早い。のう熊千代」

十六歳にしては興元は早熟である。体格も兄の忠興を凌《しの》ぎ、気持も、忠興のような直情径行型ではない。自分の気持を巧みにかくすことを知っている。

忠興のように、繊細で優しいかと思うと、かっとして激怒したり、非情になったりするのとはちがう。一見無邪気そうに見せながら、頓五郎興元は、心の底をあらわにしない。

「まあ、興元さまは……」

玉子は思わず笑った。

「おや？　熊千代、邪魔者が参ったぞ」

池のほうを見て、興元は口をとがらせた。玉子がふり返ると、清原佳代が、そのすらりとした姿を、池の水に映して歩いてくるところである。

「興元さま」

玉子は声をひそめた。

「何でございます」

「佳代どのは美しい方。そう思いませぬか」

「それで?」

「興元さまと、ようお似合と存じます」

「ずるい、ずるい。ずるうござるぞ、姉上さまは」

佳代はしとやかに近づいて、

「まあ、賑《にぎ》やかですこと」

と、二人の顔を等分に見た。

「のう、佳代どの。わしが熊千代をほしいと申したところ、姉上さまは娶って子をもうけよといわれるのじゃ。わしは娶るよりも貰うほうが、手間がかからぬと申すと、佳代どのを見て……」

「ま、興元さま、いけませぬ」

玉子があわてた。興元はわざと無邪気そうに、

「のう、佳代どの。佳代どのとこのわしを、似合だと姉上は申されたのじゃ」

「それが、なぜずるいことになりまする?」

佳代は微笑した。

「姉上さまは、熊千代が惜しくて、わしに娶れといわれるのじゃ。ずるいとは思われぬか」

佳代はおかしそうに、

「ずるいのは、お玉さまではなくて興元さま。こともあろうに、ご長子をおのぞみなさりますとは……」

「さようかのう。しかし、兄上とちがって、部屋住みのわしに、娶る力があるであろうか」

「ござりますとも」

「では、お佳代どのは来てくださるか」

俄《にわ》かに興元は真顔になった。その興元の顔を佳代はじっと見、

「参りましょう。わたくしでよければ」

と、これもまた真面目《まじめ》にいった。途端に興元は声をあげて笑い、

「佳代どの、佳代どのは人が悪い。な、熊千代、佳代どのはまじめな顔で、わしをからかっておられるぞ。いかが致す、熊千代どの」

「熊千代さまは、わたくしに……」

佳代は上手に抱きとって、

「忠興さまが、お目ざめでございます」

と玉子にいった。忠興は少し腹をこわして昼寝をしていたのである。

「あ、お目ざめでしたか」

玉子は衿《えり》もとを正し、興元に一礼した。

「では……」

「姉上さま」

立ち去ろうとする玉子を、頓五郎は用事ありげに呼んだ。

「まだ何か？……」

「この熊千代は無理としても、次に生まれるお子は、この興元に下さりませぬか」

「また、そんなことを……。はいはい、差し上げましょうほどに、今はこれにて……」

興元の思いの深さに、佳代は気づいていても、玉子は知らない。玉子の第二子の興秋は、遂《つい》に興元の養子となったが、これは後日譚《ごじつたん》である。

急いで立ち去る玉子の袂《たもと》から、匂《にお》い袋が落ちた。興元はそれを拾い、玉子を呼ぼうとしてやめた。匂い袋の得もいわれぬ匂いに、興元は玉子の匂いを感じた。興元は匂い袋をすばやくふところに入れた。

それを、縁側に出てきた忠興が見ていたことに、興元は気づかなかった。忠興の濃い眉《まゆ》がピリリと上がった。

「お目ざめでござりましたか」

熊千代を抱いた清原佳代をうしろに従えた玉子が、縁側に立った忠興を見上げていった。

忠興はけわしい顔を庭に向けたまま返事をしない。佳代は熊千代の顔をさしのぞいて、ちょっと小腰をかがめ、さり気なくその場を去った。

「御腹痛はまだ、お治りになりませぬか」

玉子は縁側に上がって、静かにひざまずいた。それには答えずに忠興はいった。

「何を興元と話していたのじゃ」

ひやりとするような冷たい声であった。

「頓五郎さまと？」

玉子は不審気に夫を見上げ、

「頓五郎さまは、熊千代が愛らしいとおおせられました」

興元が熊千代をほしいといっていたとは、玉子はいわない。忠興の機嫌のよい時ならば、笑ってすむことも、一旦《いったん》不機嫌になると、順直には通らなくなることを、玉子は既に知っていた。

「それだけではあるまい」

「それだけでございます」

「うそを言え！ 熊千代が愛らしいと一言いっただけか」

「ま、何をお怒りでございます。一言で申すならば、熊千代の話をしていたということでございます」

「……」

「まだお腹《なか》がお痛みでございますか。ではお腹をさすってさし上げますほどに……」

「いらぬ！ お玉、そちはわしのやった匂い袋を持っているか」

「はい、ここに」

と、玉子はその形のよい手を、左袖《ひだりそで》に入れたが、

「おや？ ござりませぬ」

と右袖に手を入れた。匂い袋は、忠興が京の都に出た時、みやげに買ってきた錦織《にしきお》りの立派な品で、玉子は大事に、いつも持ち歩いていたものだった。

「見よ、ないではないか。どこに忘れた？」

「……確かに先ほどまで……」

「そなたはわしがやった匂い袋を、なぜ大事に扱わぬ？」

たった今、玉子が匂い袋を落したところを見ていながら、忠興は意地悪く詰《なじ》った。

「お玉！」

「はい」

「頓五郎を呼べ！」

「頓五郎さまを？」

「彼奴《きゃつ》が、そなたの匂い袋を持っているであろう」

「まさか……そのようなことは」

「ないとはいわさぬ。頓五郎を呼べ！」

玉子は一瞬目をふせたが、切り返すような視線をちらりと忠興に投げかけ、部屋に戻る忠興の後に従った。

使いの侍女と共に、頓五郎が現れるまで、二人は口を利《き》かなかった。

「お呼びか、兄上」

のっそりと頓五郎興元は部屋に入ってきた。忠興はじろりと頓五郎を見た。玉子は、

「お呼び立てして、相すみませせぬ」

と両手をついた。

「何の何の」

明るく笑って手を横にふり、

「ご機嫌斜めじゃのう、兄上」

と、頓五郎はあぐらをかいた。

「頓五郎！」

「何をそんなに怒っているのやら」

「そちは、お玉の匂い袋を持っているであろう」

「匂い袋？」

「とぼけるな。匂い袋じゃ」

「匂い袋といえば、これのことか」

頓五郎は内ぶところから、先程拾った錦の匂い袋を、あっさりと取り出して匂いをかいだ。

「ま！　頓五郎さま、それは」

玉子は驚いて声を上げた。

「それ見い。お玉、頓五郎が持っていたではないか」

「でも……どうしてそれが」

「そちが頓五郎に与えたのであろう」

皮肉にいって忠興は二人を見くらべた。

「何だ、兄上、見ていたな。さっき姉上が落した時、わしが拾ったのを」

頓五郎はさらりといった。が、

「おう、見ていたぞ、頓五郎！」

と、忠興は鋭い語気を返した。その忠興を見る玉子の目が、かすかにかげった。

「それで怒っているのか、兄上は」

「なぜ、お玉に匂い袋を返さず、その方のふところに入れたのだ」

「なぜだと思う？」

「頓五郎、お前はお玉を……」

「姉上を？」

たじろがぬ興元の不敵なまなざしに、忠興はきっとして、

「どう思っているのじゃ」

「姉上だと思っている」

「それだけか」

「それだけでなくて、何と思いようがある？」

「では、何でその匂い袋を大事げにふところにした？」

「ははあ、そうか」

頓五郎は白い歯を見せて、大声で笑い、

「兄上は、わしが姉上を慕うて、それでこの匂い袋を大事にしまいこんだと思うてか。悋気《りんき》か、これは愉快じゃ」

玉子は、はっと頓五郎を見た。

「では、何で返さなんだ？」

「それはいえぬ」

「なぜだ？」

「恥ずかしいからな」

あごひげをぐいと一本ぬいて、頓五郎はにやにやした。

「頓五郎、そちは、兄のわしを馬鹿《ばか》にする気か」

「馬鹿にする気はない」

「では何でいえぬ」

「そんなに居丈高になられては、言いたくてもいえぬわ」

「なぜじゃ」

「色気の話には気分というものが大切よ、兄上。もっとおだやかに尋ねられれば、答えられるかも知れぬが」

「では、おだやかに聞く。何で、その匂い袋を大事にしまいこんだ？」

「そう改まって聞かれても困るが。のう兄上。兄上が、もし独り身であってじゃな、こんないい匂いのものを拾ったら、思わずうっとりするであろうが」

「……」

「返しとうはないわな。天女の衣も、さぞかしこんなよい匂いであろうのう」

「……」

「その上、わしには好きなおなごがいる」

むっつりと聞いていた忠興の表情が大きく動いて、

「誰じゃ、その女は」

「秘密よ」

「誰じゃ？　言え」

「……不粋よのう、兄上は」

「言わぬか」

「言う、言うが……」

ちらりと玉子を見、興元は頭をかきながら、

「佳代どのじゃ」

と言いすてて立ち上がった。

「ふむ、佳代どのか？　ま、すわれ。しかし……」

「ふっと、佳代どのにこの匂い袋をやりたいと思ったのだ」

「まことか」

「まことだ」

怒ったように頓五郎は、玉子を見た。炎のような激しいその視線を、玉子は受けとめかねた。

丹後の海

細川藤孝、惟任《これとう》光秀、明智弥平次、そして玉子を乗せた小舟は、今、文珠寺の庭先から出たばかりだ。岸べ一帯は深い芦原《あしはら》である。その芦原をぬけ出た海が、真清水の

ように澄んでいる。

「まあ、きれい」

玉子は舟べりから身を乗り出すように、水底を見た。水底は細かい砂地で、小さな貝が敷きつめられたように見え、その合間に砂がかすかにゆらぐ。四月の日が射《さ》しこみ、光もまたゆらゆらとゆらいでいる。

「お玉は舟がこわくはないと見えるの」

舟は、天の橋立を右に見て、静かにすべって行く。天の橋立の松並木越しに見える余佐《よさ》の海に目をやっていた藤孝が玉子に声をかけた。

「はい、こわくはありませぬ」

はにかんで玉子が答えた。

「藤孝殿、お玉は坂本城にいた時に、よく舟あそびをした娘でしてな」

光秀は愛《いと》しそうに、玉子に目を注いだ。

玉子が嫁いで以来、光秀は幾度か勝竜寺城を訪ねてはいた。が、このようにゆっくりと玉子を目の前に見るゆとりはなかった。

玉子が昨年長男の熊千代を産んで間もない月、細川家は信長から丹後の国を与えられ、宮津に城が変った。

丹後は、足利時代二百四十年間、一色《いっしき》氏が守護職に在った。三代目の足利義満から、一色氏は丹後の国を賜ったのである。が、信長は十五代義昭を追放して、足利時代は終った。信長は義昭を追放すると同時に、一色氏を己《おの》が威に服させようとした。三年前の天正六年、信長の命を受けた細川藤孝父子は、丹後平定に力を注いだ。先《ま》ず、丹後の中心にある八幡山に砦《とりで》を築いた藤孝は、一色氏の豪雄、小倉播磨守《はりまのかみ》一族の守る小倉城を攻めにかかった。

だが、なにしろ二百四十年続いた守護職の一色氏である。一色氏には八十五人衆と呼ばれる豪の者が、丹後の国の要所要所に、砦を築いている。その上、人心も一色氏に服していて、信長の配下である細川家には、敵意をあらわにしていた。

小倉城攻めは細川家の惨敗《ざんぱい》だった。再度の攻めには光秀も援《たす》けたが、同じく敗《ま》けた。ようやく、藤孝は得意の情報を集めて、巧みに小倉城の水源をつきとめ、これを断って勝つことができた。

その結果、昨年八月に、忠興ともども丹後に入国し、藤孝は八幡山の城に、忠興は大窪《おおくぼ》の城に入ることができた。とはいえ、丹後二百四十年の泰平の夢を破った細川家に、一色氏が心から服するわけはない。何かと小ぜり合いが絶えなかった。

今とて、必ずしも、のどかに舟遊びなどできる時ではなかった。が、それだけに、時にはこのようなひと時を、武将たちは楽しんだ。細川忠興が宮津に来て、はじめて茶会を開いたのが昨日で、光秀は引きつづき滞在していた。

本来なら忠興が舅《しゅうと》の光秀を、天の橋立に案内すべきであったが、忠興は昨日の茶会の亭主役の疲れを口実に、玉子を接待役に廻した。それは、久しぶりに親子をゆっくり遊ばせてやりたいとの、忠興のはからいであった。

玉子が坂本城にいた時、よく舟遊びをしたと聞いた藤孝は、扇子で軽く膝《ひざ》を打ち、

「おう、琵琶湖でのう。しかし、あの湖は、賊が出る名うての危険な湖じゃ」

「それ故《ゆえ》、城より遠くには、こぎ出させはしなかったようでの」

「お舅上《ちちうえ》」

玉子は藤孝を見、

「あの琵琶湖は湖でも、この宮津の海より、ずっと広く荒うございました」

「全くじゃ」

光秀と藤孝は異口同音にいい、思わず笑った。

鳥影が、ひっそりと池のような海に映って消えた。その水底にうすみどりのやわらかい藻《も》が、たゆたっているのが見える。

「あら!」

玉子が小さく叫んだ。弥平次が、

「何か見えましたかな」

「ほら、白い星のような形の……」

弥平次は水を透かして見、

「ああ、あれはひとででござるよ。ひとでがああして貝の上にかぶさり、窒息させて殺し、肉を食うそうじゃ」

と、こともなげにいった。玉子は、ひとでが七つ八つ水底にはりついているのをみつめたまま、

「まあ」

と息をのんだ。子供が二人いるとも見えぬあどけなさが残っている。玉子はこの年長女お長《ちょう》を産んでいた。

「藤孝殿、その後このあたりの歌を詠《よ》まれたか」

光秀が尋ねた。昨年八月入国早々、藤孝は天の橋立を詠んだ歌を三首、光秀に送っていた。それは、
丹後入国の刻《とき》、橋立をみにまかりて

そのかみに契《ちぎ》り初《そ》めつる神代まで
かけてぞ思ふ天の橋立

いにしへに契りし神のふた柱
いまも朽《くち》せぬあまのはし立

余佐のうら（宮津湾）にて

余佐のうら松の中なる磯清水
みやこなりせば天も汲《く》みみん

である。

天の橋立は、いざなぎ、いざなみの命《みこと》が、天に上がる浮橋であった。ある時、二柱の神は天の橋立を通って天にのぼり、ちょうちょうなんなん時を忘れて過した。遊びにふけって、はっと気づいた時は既に天の橋立は、海の上に横たわっていた。いざなぎ、いざなみの命は、遂《つい》に地上に帰ることができず、天に上がったままであるという。この伝説を、藤孝は歌に詠みこんだのである。

「これは、いかがでござろうの」

藤孝は腰の矢立を取り、紙にさらさらと一首記した。

ふた柱帰りきまさぬ橋立に
遊ばむ吾《われ》は丹後の長《おさ》ぞ

光秀は小さく口ずさんでいたが、

「お見事！」

といい、藤孝を見た。光秀と藤孝の視線がからみ合ったまま、うなずいた。この歌の「ふた柱」が一色氏を指していることを、光秀はいち早く悟ったのだ。だから必ずしも歌をほめたわけではない。歌としてはいつもの藤孝としては強すぎる所がある。光秀は藤孝の心意気に感じたのである。一色氏に今なお手こずっている藤孝のために、実は光秀は、茶会をも兼ねて訪ねてきているのだ。

一色の当主義有のもとへ、藤孝の娘伊也《いや》を来月嫁がせることに奔走したのは光秀であった。

その話もまとまり、来月伊也は一色家に嫁入りすることになった。その最後の打合せに、光秀は明日一色家に行くはずであった。

「これで、無事治まるとよいがのう」

「それじゃて」

藤孝は珍しく眉《まゆ》をひそめ、

「佐久間殿が高野山に追われて、一年になろうか、惟任殿」

「いや、八月が来て一年じゃ」

光秀の顔もくもった。

「惟任殿。わしはな、佐久間殿が追われた時ほど、胸のさわいだ時はないがの」

玉子と弥平次が、ひとでを眺めながら、何か話し合っている。弥平次は玉子の姉の倫をめとり、この宮津に近い福知山城の城主となっている。

父たちの話が小声になったので、玉子は弥平次に倫の話を聞きはじめた。

「佐久間殿父子追放を聞いては、誰も同じ思いよ。何しろ、佐久間信盛殿は、大殿の時代からの重臣じゃ。藤孝殿やわしのような新参者ではない。その信盛殿を、格別追われる程の失策もないというに、高野山に着のみ着のままの追放じゃからのう」

船頭は腹心の郎党だが、光秀は、一層声を低めた。

信長は昨年八月、本願寺を降伏させると、直ちに佐久間父子を追放した。信長配下の武将の第一位は徳川家康、つづいて父信秀の代からの家臣である柴田《しばた》勝家、佐久間信盛、更にその下に、光秀、秀吉、丹羽《にわ》長秀、滝川一益《かずます》らがあった。この高位にある信盛が、昨日にかわって、たちまち尾羽うち枯らした流浪《るろう》の身となったのである。しかも、これといった失敗をしたわけでもなく、無論二心があったわけでもない。信長はその折檻状《せっかんじょう》に、

「本願寺を大坂に攻むるに当ってのこの五年、格別の働きがない。丹波国での光秀の働きは天下に信長の威を現して面目を施した。秀吉の働きも同様、数カ国をおさえて比肩する者がない。云々《うんぬん》」

と、先ず働きのないことを、追放の理由として述べている。

無論、本願寺は強敵であった。が、信盛は三河《みかわ》、尾張《おわり》、近江《おうみ》、紀伊《きい》、河内《かわち》、和泉《いずみ》、大和《やまと》など、七カ国の武士を、自分の部下のほかに、信長から与えられていた。この二つの力を結集すれば、信盛はもっとめざましい働きができたといわれても、仕方がない。信盛は、ただ堅固な付城《つけじろ》にいて、敵を見張っていただけであった。

その上、吝嗇《りんしょく》で金に汚なく、信長に与えられた土地を金に替えた。部下に加増もせず、部下の数を増やしもしない。信長の代になって、既に三十年、ただ金をためるだけで、どんな働きもしていない。

信長はこう立腹したのである。また、信長は、三十年前、弟の信行を擁立しようとした家老の林通勝をも追放した。三十年前の林の仕打ちを、信長は今になって言い出したのである。

この二つの事件は、いかなる武将たちをも怖《おそ》れさせた。信長はいつ、何を理由に、部下を放逐するかわからぬ人間なのだ。

ふた柱帰りきまさぬ橋立に
遊ばむ吾は丹後の長ぞ

と歌いたい藤孝の心情は、光秀にはよくわかった。まだ一色氏は、完全に屈伏はしていない。藤孝はいつ、佐久間信盛のように追放されるかわからぬと、不安なのだ。が、その不安は光秀のほうが強かった。

確かに丹波の国の平定によって、信長から感状は与えられた。が、信長は、天下を平定した後に、曾《かつ》て将軍足利義昭を推し立てた自分を、義昭同様追放するのではないかと、不安になってくる。将軍義昭を信長に引き合わせることが、当時は出世の道とも考えられた。しかしそれが、今では自分の地位を剝奪《はくだつ》されるかも知れぬ不安の種ともなった。これは、佐久間や林の追放以来、ともすれば感ずる不安なのだ。

これは光秀ばかりではない。諸将が、自分自身を省みて、あのこと、このことをうしろめたく思っては、怯《おび》えているのだ。佐久間信盛を追放することによって、部下たちが、こう怯えるであろうことを、信長ははじめから計算に入れていたのかも知れなかった。大名たちが、あれ以来極度に緊張しているのは確かであった。

舟は橋立の岸のひと所に着いた。先ず弥平次が飛び降り、光秀が降りた。藤孝につづいて降りる玉子の手を、光秀がとった。玉子はそのあたたかい父の手に、肉親のあたたかさを感じた。

白い砂地の感触が足にやわらかい。岸を洗う波の音さえない静かな余佐の海を、四人は眺めた。

「あのあたりが大窪じゃの」

「はい、そして、あちらが八幡」

光秀と玉子は、肩を並べて立っていた。

「お母上にも、この橋立をお見せしとうございます」

「うむ。……お熈《ひろ》は橋立よりも、そなたの顔が見たいであろう」

玉子は深くうなずいた。あばたのある母の肌が、言いようもなくなつかしいのだ。

もし、このあばたがなければ、どれほど美しい人であったかと、少女の頃はよく思ったものであった。が、なぜか今は、あのあばたの故に、深味さえある美しい人に思われてくる。

「父上は、いつまでご滞在なされまする？」

「うむ、まだ二、三日はいる。里村紹巴《しょうは》とも、またここで遊ぶことになっているのでな」

「まあ、うれしゅうござりますこと」

無邪気に玉子は喜んだ。

「お倫も幸せになった。みんないつまでも幸せであってほしいものよのう」

お倫が荒木家に嫁いだと思ったのも束《つか》の間《ま》、何年も経《た》たぬ間に、荒木村重の謀反《むほん》で不縁となった。そのお倫がようやく弥平次と共に福知山城に住むことにはなったが、その幸せも果してあと幾年かと、光秀は心にかかるのだ。

今、父のわずか二、三日の滞在を子供のように喜んでいる玉子にしても、一色一族がこぞって反撃してくる日があれば、いつこの美しい宮津の海に命を果てるかもわからない。

「ほんに、いつまでも幸せでいとうございます」

玉子は祖母の非業《ひごう》の死を思った。祖母は、玉子が嫁いで一年と経たぬ間に死んだのだ。もし、自分の結婚が一年遅れていたら、祖母が人質にならずに、自分が人質になっていたであろう。とすると、自分は疾《と》うに死んでいたことになる。玉子は改めてそう思い、祖母の死を痛ましく思った。

「そのためにも、丹後の平定は急ぎたいものじゃ」

ふり返ると、藤孝と弥平次が、二本並んだ夫婦松《めおとまつ》を見上げて、何か話し合っている。

光秀はそのまま歩を進めて、

「お玉、一色氏との縁組みは聞いていようの」

「はい、伺っております。まだ、十四で嫁ぐ伊也さまが痛《いた》わしゅうて……」

「……うむ」

「父上」

玉子は歩みをとめた。

「何じゃ」

「伊也さまのお輿入《こしい》れは、つまりは政略のためでございましょう」

「……お玉、そのようには言わぬものよ。一色義有の相手は、この丹後に細川の娘しかないのじゃ」

「なぜでございます」

「家柄がつり合っていよう」

玉子はそれには答えず、

「伊也さまも、結局は花嫁というより、人質と申したほうが……」

「お玉、口を控えよ。相変らずよのう、そなたは」

叱《しか》りながらも光秀は、玉子のこの性格を愛しく思った。こう強いものの言い方は自分にはできぬ。歯に衣《きぬ》着せぬ言いようは清いと光秀は思った。

「父上さま。玉はいま、おばばさまのことを思いました」

「……」

「なぜ、女はかなしく生きねばならないのでございります？　伊也さまも姉上も、おばばさまも……」

「そちも悲しく生きているのか」

光秀は話を外《そ》らせた。

「いいえ、わたくしは今は幸せでございます」

「そなたの母も、細川殿の奥方も幸せじゃ。女は不幸とばかりは言えまい」

「父上さま」

玉子は光秀を見上げ、

「父上さまは変られました」

と、その澄んだ目をまっすぐに注いだ。

「わしは変らぬ」

「いいえ。どこかが変られました。父上さまは、いま、玉の問いを外らせなさいました。伊也さまと一色殿のお話をすすめていられるのは、父上さまとか」

「うむ」

「なぜでございます。伊也さまは……親のそばから離れとうはないものを……」

「お玉、この父がよかれと思ってすることじゃ。父を信ずるがよい」

「……」

「それとも、そなたは父を信じられぬか」

問われて玉子は視線を海に投げた。

「信じられぬか、お玉」

「いいえ、父上ほどに信じられる方は、他にございませぬ。わたくしは父上を、忠興殿よりも信じております」

それは玉子の真実の気持であった。幼い時から、玉子は父と母を、こよなく慕い敬ってきた。忠興は感情の起伏が激しい。嫁いで三年近く経つのに、忠興のなすことに、無条件でつき従うまでには至っていない。時折、忠興の言動を批判する思いになることが玉子にはあった。

しかし、父の光秀はちがう。父という人間のなすことには、安心してついて行ける気がするのだ。

「それは……いけぬな。忠興殿を第一に信じねば……。ま、とにかく、この父を信じてくれるというわけじゃな」

「はい。……でも」

「でも？　何じゃ」

「この度の伊也さまのご婚儀ばかりは、幸せに行くとは考えられませぬ」

「そうか。ま、女のそなたには、そう考えられるのが当然かも知れぬ。が、お玉、今も申した通り、これも、誰もがよかれとねがっての縁談じゃ。父を信ずることじゃ」

「……」

玉子は光秀を見た。この上なく思慮深げなまなざし、誠実そうなその唇、この父の心のどこにも嘘《うそ》はないと玉子は思った。

うしろのほうで、何か弥平次と共に話し合っていた藤孝が近づいてきた。

「惟任殿、弥平次殿は聞きしにまさるよい婿殿《むこどの》じゃのう」

「これは痛みいる」

「全く、この弥平次殿が福知山におられれば、吾らも安心と申すもの」

「これ、弥平次、ご期待に添わねば相ならぬぞ」

光秀は言い、藤孝と並んで歩き出した。玉子はその二人の父の姿をじっと見つめた。父の光秀も、舅《しゅうと》の藤孝も、立派な人間だと思う。が、伊也の結婚をこの二人の父が決めたと思うと、何か割り切れぬ思いがした。最も信じうる二人の父さえ何か信じがたく思われた。とにかく、この度の伊也の結婚だけは妙に不安なのだ。あの、まだ十四歳のあどけない伊也の上に、何か不吉なことが起りそうに思われるのである。

「いかがなされた」

弥平次が聞いた。

「別に……。あ、弥平次さま、舟が四、五そう出ております。何をする舟じゃやら」

太い松の木立越しに、もやっている磯舟《いそぶね》が見えた。

「あ、あれは貝を取っているのであろう。……貝といえば、坂本城の、あの初之助を憶《おぼ》えていられるか」

「初之助？　もとより存じております。いつぞやは初之助の夢を見て、なつかしゅう思いました」

この言葉を初之助に聞かせたいものと思いながら、弥平次はいった。

「あの初之助は、しじみを取るのがなかなかの上手で……」

「そういえば、母上が肝を患《わずら》いました時、毎日しじみを取って届けてくれたのが、初之助でした。初之助はもう娶《めと》りましたか」

「いやいや、一生娶らぬげに申しておりますわ」

「それはまた、何故《なにゆえ》……」

その玉子の表情をみつめながら、弥平次は、

「初之助は心に思う人がいて、それで、娶らぬとか」

「ま、それでは曾ての弥平次さまと同じではございませぬか」

玉子は笑って、

「姉上がお幸せになられて、うれしく思います。そのうち一度、この天の橋立に姉上をおつれ下さりませぬか」

初之助の想《おも》いなど、玉子にとって夢にも知らぬことであった。

「お倫もさぞかし喜ぶことであろう。おや、今のは……」

うぐいすが啼《な》いた。

「ほんに。何とよい声ですこと」

二人がうぐいすに耳を傾けていると、風の向きが変ったのか、百間も向うでしじみを取っている人の声が、風に乗って意外にまぢかに聞えた。

「細川なぞと、どこの馬の骨ともわからぬ奴《やつ》に……もともと一色様のお国じゃ、この丹後は」

「そうともよ。安のんに暮らしているものを、戦さなどしかけてきよって……」

玉子は、はっと息をのんだ。憎々しげなその声を聞きながら、先程見た、貝の上にぴたりと吸いついたひとでが、ほかならぬ細川家のように玉子には思われた。

六月の日が照りつけるひる下がりである。

すやすやとねむっているお長を抱き玉子は大窪城の廻廊に立って、やや遠く左手に連なる天の橋立を眺めていた。父の光秀と、あの天の橋立に遊んだ日から、もうふた月になる。玉子の黒くつややかな垂髪に、海からの微風が吹き過ぎて行く。

先月、忠興の妹伊也は、一色義有に嫁いで行った。白むくの花嫁姿が、痛々しいほどに伊也を幼く見せていた。が、伊也は涙一つ見せずに、そのほっそりとした手を揃《そろ》えて、玉子にも挨拶《あいさつ》をした。

義有と仲よく毎日を過しているとの便りが、ついこの間、伊也の父の藤孝のもとにきた。

「あの男は、豪放な、気性のよい男だからな。伊也をかわいがってくれるだろう」

藤孝が、そう忠興にいって、ほめていたのを玉子も聞いた。が、忠興は口を一文字に結んだまま、何とも答えなかった。その時の忠興の表情を思いながら、玉子は海を眺めた。

入り海の余佐の海は青く静まりかえっている。白波ひとつ立てぬこの海を眺めながら、玉子は今、なぜか不安になった。本来、海はこのように静かである筈《はず》がない。静かに見せてはいても、いつ、その本来の姿をあらわにしてくるか、わからぬ気がする。伊也の幸せそうな手紙も、つまりはこの余佐の海に似た不安を与えるのだ。

「何をしている? お玉」

ふいに忠興の声が後ろでした。

「海を眺めておりました」

玉子はふり返って微笑した。

「海か」

子供を産んでから、笑顔が一段とあでやかになったと思いながら、忠興は玉子と並んだ。己《おの》が妻ながら、時折はっとするほどに美しい。忠興には、それが誇らしくも、また、気にかかる。玉子が、自分の手の届かぬ遥《はる》かなる所にいるような気にもなるのだ。

「日《ひ》置《おき》の浜が、今日は近く見える」

「ほんに」

対岸の日置の浜は、天の橋立に地つづきである。

「いま、殿が日置の浜といわれた時、わたくしには仕置きの浜と聞えました」

「仕置きの浜と？」

「信長さまの御領地にならば、そんな浜も数々ありそうな……」

「これ！　口をつつしめよ」

言いながら、しかし今日の忠興の機嫌は悪くはなかった。

「でも……あの安土《あづち》でのお仕置きは、あまりにむごうございます」

「うむ。しかし天下をとるお方だ。何度も申したとおり、きびしさも人並ではあられまい」

お長の愛らしい寝顔を眺めながらいう。

忠興は信長に目をかけられている。ここ丹後の国も、信長は、父の藤孝にではなく、

「忠興にとらす」

といった。つい、忠興は信長の肩を持つ。が、今日は上機嫌のせいか言葉がおだやかだ。忠興も内心、近頃の信長は妙にいらいらとして、きびしさも度を越していると思う。特に、今玉子が言った三月の事件は、四月に光秀が来た時も話し合ったことだが、それはまさしく、きびしいというより異常といったほうがよかった。

この年天正九年三月十日のことであった。信長は安土の城を早朝に発《た》ち、竹生島《ちくぶしま》に遊びに出た。琵琶湖の竹生島は、安土から片道陸路十里、水路五里の所にあった。誰もが竹生島の近くの、秀吉の城、長浜城に一泊するものと思っていた。それで、安土城の侍女たちは、寺詣《てらまい》りや街見物に外出していた。

ところが、思いがけなく信長は、その日のうちに帰ってきたのである。侍女たちの勝手な振舞に怒った信長は、外出した侍女たちをみな殺しにした。とりなそうとした寺の僧まで殺してしまった。

これを伝え聞いた大名たちは、わが身にも、いつ、いかなる信長の怒りをこうむることかと、恐れおののいた。

「なぜ、殺さねばならなかったのでしょう。厳しく叱っただけでも、事はすみましたでしょうに」

思い出して、玉子は嘆息した。

「右府どのは、表裏ある人間が、おきらいなのじゃ」

「でも、殿のるすに、のんびりと外出をしてみたくなるのも、人情というものではございませぬか」

「いや、信長殿は、いつも、誰が自分を裏切るかと、神経を尖《とが》らしていられる。表では忠勤を励んでも、いつ謀反《むほん》するかわからぬ武将たちへの、あれは威嚇《いかく》であろうよ。わしは、この頃特にそう思うのだ」

「まあ！……でも、威嚇されて、かえって人の心は離れるかも知れますまいに」

「人間など、どうせ情をかけてみても、情には応《こた》えぬものよ。恐怖心に訴えるのが近道かも知れぬのだ」

「殿！　殿は真にさように思われまするか。人間、情には応え得ぬものでございましょうか」

海に投げていた視線を、玉子は夫忠興に移した。

「もとより相手にもよろうが……。とにかく右府どのは、他出を禁じて出かけられたのじゃ。命《めい》にそむく者は、侍女といえども、ゆるしがたかったのだ」

「では、殿ならいかが遊ばします？　殿の留守に、侍女たちが寺詣りなどに行ったとしたら、やはり一刀両断になさりますか」

「時と場合によろう。武の道は、やはり武じゃからのう。いま、わしはそなたに、惟任《これとう》殿の文《ふみ》を見せようと思っていたところだ」

忠興は玉子を促して書院にもどった。

「父の文でござりまするか」

ぱっと玉子は顔を輝かせて、忠興に従った。

十五畳ほどの、開け放たれた書院を、白い蝶《ちょう》がひらひらとよぎって行った。

「うむ、これを見い。これもつまりは武の道よ。そなたの父はすぐれた武将じゃ」

忠興の機嫌がよいのは、光秀の手紙のせいであったかと思いながら、玉子は手紙を読んだ。四月に天の橋立に遊んだ父の顔が目に浮かぶ。

手紙には、

「そちたち夫妻の仲むつまじき様子や、熊千代お長の愛らしき姿を思い出しては、ことごとに噂《うわさ》をしておる。

この度、おくればせながら軍規を定めた。忠興殿の今後の何かの参考までに書き送るから、読まれたい」

といって簡単な言葉が書かれてあった。玉子は、もう少し何か母の様子でも書いて

あるかと思っていたため、やや落胆したが、自分が次を読むのを楽し気に見守ってい
る忠興を見て、読みついだ。
「明智家軍規　十八条
第一条　陣地に於《お》いては、隊長、参謀、伝令以外の者の高声及び雑談を禁ず」
とあり、第二条、第三条につづいて、第四条には、
「行進は先《ま》ず兵を先に進ませ、つづいて騎乗の将これにつづけ。万一、兵におくれし
騎乗の将あらば、領地は没収し、時により死刑に処すべし。
第五条　戦闘中、命令に従順ならざる者は死罪となす。戦闘中、命令には返答すべ
し。もしこれに逆《そむ》く者あらば、いかなる武勲ありとも処刑まのがれざるべし」
などと、きびしい掟《おきて》が書かれてある。
玉子は、その行間に父の激しい気魄《きはく》を感じた。戦争は命をかけての場であるという
きびしさを感じた。そして、いかにきびしくはあっても、予《あらかじ》めこのような掟を定める
父光秀の心は、信長の残虐《ざんぎゃく》、無慈悲とは全くちがうのだと玉子は思った。だが、かか
る軍律、軍規をつくっている時の、武将としての父の顔を、自分はまだ知らないのか
もしれないと玉子は思った。自分のまだ知らぬ父の一面を知らされたような気がした。
光秀の書状には、他に軍役も記されてあった。

最後に、

「功なき者は、無駄の最たる者である。かかる軍規を人はあるいは批難するかも知れぬ。しかし、自分は浪々の身から引き立てられて、かかる大名となり、信長公から多くの兵を預けられる身となった以上、一兵たりといえども、勇ましく戦ってもらわねばならぬと思っている。貴公も、取り立てられたること同様と存ずるがいかがか。せいぜい、この上とも武勲を立て、誉れをあげてくれるように」

という意味のことが書かれてあった。それはいかにも、娘の婿《むこ》である忠興に対して、真情あふれる手紙であった。

「のう。何と一所けんめいのことじゃ、そなたの父は。わしも父上に負けてはおられぬ」

玉子の読み終えた手紙に、忠興は再び目を光らせた。

「ふむ、軍役は……百石の者は兵を六名出《い》だせか。五百石以上、六百石以内では、甲《かぶと》が二人、馬が二頭、鉄砲が二梃《ちょう》、のぼりが一本……か。うむ、なるほど、命令をきかぬ者は死罪か、さもあらん、さもあらん」

忠興は一人うなずき、莞爾《かんじ》として、

「そなたの父上も、命にそむきたる者は死罪とある。信長殿の命にそむいた侍女が死罪となっても、いたし方あるまい」

「いえ、父の軍規には、戦闘中、命にそむきし者とござります。右府さまのあの場合は、戦闘中ではござりませぬ。ご自分の城の中での……」

「いやいや、お玉。信長公ほどのお方になると、戦闘中も、日常も、命令の重たさは同じなのだ。信長さまは、ご自身を神と仰《おお》せられるほどだからのう」

玉子はかすかに笑った。皮肉な微笑だった。神と自称する信長が、泣き叫ぶ侍女たちを次々に斬《き》り捨てている姿を、玉子は胸に描いた。

「人間が、神である筈はございますまい」

「何事も可能な人間が神なのだ」

「信長さまは、何事も可能でござりましょうか。空を飛ぶことはできますまい」

「……とにかく誰もが、殿を恐れている。それは、誰の運命も殿に握られているからじゃ。殿には、亡《ほろ》ぼすも責めるも可能といってよいであろう」

「たとえ亡ぼすこと責めることは可能であっても、情をかけること、ゆるすことのできぬお方。おのが侍女さえ許せぬお方ではござりませぬか。決して何事も可能なお方ではござりませぬ」

「そなたは……」

忠興は少し呆《あき》れたように玉子を見、

「なぜに、そのようにわしにさからう?」

「殿にさからっているつもりはございませぬ。信長様の在り方にさからっているので
ございます」

「もうよいわ。そなたの口にはわしは勝てぬ。わしも掟を定めねばならぬ。妻は夫に
口返しをしては相成らぬとな」

珍しく忠興は冗談をいった。これはよくよく機嫌がよいにちがいない。何があった
のだろうと戸惑う玉子に、

「実はのう。そちにもう一つ見せるものがあるのだ」

と、忠興は楽しげに書院棚の文箱《ふばこ》をあけた。それは九曜《くよう》の紋のついた黒塗りの大き
な文箱で、決して手をふれてはならぬと言われていた文箱であった。

「ま、何でござりましょう」

玉子もやさしく首をかしげた。

「これじゃ」

「まあ、きれいな……。これは歌留多《かるた》ではござりませぬか」

厚紙に金箔《きんぱく》を貼《は》った扇型のかるたが沢山、文箱から取り出された。

「どうだ？　お玉」

得意気に忠興は玉子を見た。玉子はお長をそっと下に置き、

「何とみやびやかな！」

玉子は目を見張って、その一つを手のひらにおいた。

「これは、いったいどなたさまよりの賜り物……」

「もらったものではないわ。実はな、そなたを娶《めと》った時から、ひまひまに、こっそりわしが作ったものだ」

照れたように笑う夫の顔を、玉子はまじまじと見て、

「まあ、それでは……この金箔も殿が？」

「おう、わしが貼った。貼り方は、以前に屏風師《びょうぶし》に習ってあった。そなたを喜ばせようと手がけたのが三年前。だが、戦さつづきで、なかなか時間もとれぬ。ようやく先程百枚つくりあげたわ」

「殿！」

玉子の白い頬に、涙がつーっと走った。思いがけない夫の優しさだった。

「もったいのう……ござります」

「おう、喜んでくれるか。わしもうれしい。そんなに喜んでくれるとは思わなんだ」

玉子は、一枚一枚をその形のよい指で、そっとつまむようにして持った。金箔の上に、忠興の見事な筆で百人一首が書かれている。

君がため惜しからざりし命さへ
ながくもがなと思ひぬる哉《かな》

諸共《もろとも》に哀《あはれ》と思へ山桜
花より外に知る人もなし

低く読みながら、玉子は幸せな思いに満たされて行った。

結婚以来三年、忠興は優しいと思えばいら立ち、怒っていると思えば、俄《にわ》かに激しく愛撫《あいぶ》する夫で、どうにも気心が捉《とら》えられなかった。いつも、何か気まぐれに扱われているようで、誇り高い玉子は、内心腹にすえかねることもあった。何かしみじみと、二人の間に通うもののない淋《さび》しさがあった。

その淋しさ、うつろさが、やがては忠興に抱かれながら、高山右近の幻影に抱かれるという不倫な思いに、玉子を誘ったのかも知れなかった。だが、いま、忠興手作りの優雅なかるたを手にして、玉子の心はやさしく解きほぐされていく思いだった。妻の自分を喜ばせようとして、激しい戦さのひまひまに、ひそかに厚紙で型をとり、金箔を貼りつけ、細字を書きこんでいく忠興の姿が、ほうふつとして玉子の瞼《まぶた》に浮かんだ。

「一生、わたくしの宝といたします。殿、ありがとうございます」

ふかぶかと両手をついて礼をいう玉子を、忠興は満足そうにうなずいて眺めた。

「さぞかし根気のいるお仕事と存じまする」

玉子は飽かずに一枚一枚かるたを眺めて行った。この百枚を、三年かかってつくってくれたと思えば、あだやおろそかには思われぬ。その様子を見て、忠興もまた玉子の真心がじかに伝わる思いだった。

類《たぐい》ない美貌《びぼう》の女性《にょしょう》であるとの思いは、初めて玉子を見て以来、変りはしなかったが、しかし心根はいかにも冷たい女に思われた。女性に似合わず、もの事に批判的で、夫の忠興のなすこと言うことに、冷笑を浴びせているように思われることが間々あった。それがいま、こうして、涙をもって深々と礼をいい、百枚のかるたの一枚をもおろそかにせず、次々と興深げに見つめてくれている。いま玉子は、自分の気持をあやまりなく受けとめてくれているのだ。忠興はしみじみうれしかった。

玉子の美しさ、賢さに圧倒されて、忠興は最初から劣等感を抱いていたのだ。が、この日以来、忠興と玉子の間にあった目に見えぬ垣は、取り払われたようであった。それは、熊千代お長という愛らしい二人の子が恵まれても、なお取り払い得ない垣であったのだ。

なお、この忠興手づくりの百人一首は、現在も細川家に伝えられて数枚が残っている。

暴君信長

天正十年元旦、光秀は他の武将たちと共に、信長に祝賀を述べるため、安土に登城した。信長は光秀に盃《さかずき》を与えて言った。

「早速だが、七日に折入ってそちに相談がある。朝早々に登城せよ」

光秀は信長を見つめた。信長の目が、事の重大さを語るようにちかりと光った。

(よいな)

その目が念を押していた。

「かしこまってござりまする」

盃を持ったまま平伏すると、酌の福富平左衛門が、にじりよって再び酌をした。

「よい年ぞ、今年は」

ようやく信長が笑った。この年六月、まさか光秀にそむかれて死のうとは、信長は夢想だにしなかった。光秀もまた、自分が信長の天下を取り、その後二旬を経ずに討死しようとは、思いもよらぬことであった。

年賀には、藤孝、忠興も来ていた。高山右近の凜々《りり》しく清い顔もあった。光秀はしかし、早目に安土城を出た。従うは弥平次、初之助のほか、二名である。

雲が低く垂れ、琵琶湖からの風が寒かった。安土城の近くの神学校《セミナリヨ》から、西洋音楽が流れてきた。三階建の華麗な神学校《セミナリヨ》は、安土城を除いては、安土第一の大建築物である。仏教の嫌いな信長は、安土に新しい寺の建立《こんりゅう》は許さなかったが、この教会学校《セミナリヨ》のためには、土地を提供して、その建築に力を貸した。

キリシタン大名らは、金や人夫などを捧《ささ》げたが、わけても右近は熱心で、千五百人の人夫と多大の金子《きんす》を献《ささ》げたと、光秀はきいていた。

光秀は馬をとめて、宏壮《こうそう》な三階建を見上げた。ここに来て、見上げる度に思い浮かぶのは、いつか信長が、

「どうじゃ、これが安土随一の飾りよ」

と言った言葉である。

ここでは、キリスト教教育は無論のこと、ラテン語、ポルトガル語、国語のほか、西洋音楽を教えているとかで、二十五人の生徒たちはオルガンを弾くともきいていた。

光秀は、この学校の前を通る毎《ごと》に、新しい時代の流れを感ずる。武士の子が断髪し、異国の言葉で語ること自体、光秀にはついて行けぬことであった。高山右近の領する高槻《たかつき》の教会には、小型のパイプオルガンが設置され、グレゴリオ聖歌が町に流れひびくという噂《うわさ》も思い出す。

(こうしてはおられぬ)

光秀は心の底に、今日もいら立ちを覚えながら、教会学校《セミナリヨ》の前を離れた。

「殿」

弥平次が声をかけた。

「うむ」

「急がねば、雪になるやも知れませぬぞ」

「たしかに」

垂れこめた雲から、今にも雪が降りそうな寒さだ。道には、前年に降った雪が少しつもっている。

「弥平次」

「は」

弥平次は遠慮なく、くつわを並べた。

「殿から、七日に登城せよとの沙汰《さた》があった。折入っての相談があるということじゃ」

「七日に？　まだ松の内でござりますな」

「うむ。いかなる御用だと思うぞ。弥平次は」

伴の一騎が先導し、初之助は五間ほどあとに手綱をとっている。

「さて？」

「わしは、甲州征伐の相談であろうと思う」

低い声で光秀はいう。

あの信長のちかりと光った目は、尋常ではなかった。何か一大事を暗示していた。

「なるほど、武田退治でござりますか」

「うむ。いま、殿の心にかかるは、毛利と武田じゃ。毛利は秀吉の仕事、わしに折入って相談はなさるまい。他に四国の平定もなおざりにはできぬが、しかし宿敵の武田との対決が先じゃ」

「仰《おお》せの通りに相違ありませぬ」

「と、すると、今年の仕事はじめは武田退治か。ようし、行くぞ！」

光秀は一むち当てた。早足だった馬が駈《か》けはじめた。光秀の満足気な面持に、弥平次の心も明るんだ。

その夜も、弥平次と光秀は坂本城に一泊した。光秀は既に、居城を丹波亀山《たんばかめやま》に移していた。

光秀は暗い道を歩いていた。どうしたわけか、伴の者が一人もいない。はて、どうしたことかと、光秀は幾度もふり返った。と、ぼんやり闇《やみ》の中に人の影が見えた。伴の一人かと思い、

「誰だ？」

と誰何《すいか》したが、答えない。

(怪しき奴《やつ》!?)

光秀は刀をぬこうとした。

「わしを斬《き》れるか、十兵衛」

人影が低く言った。思いがけず将軍義昭の声であった。

「あ、あなたさまは……」

はっとした途端、光秀は目が醒《さ》めた。

「義昭さまが……」

低いが、ありありと義昭の声が耳に残っている。

「わしを斬れるか、十兵衛」

夢の中とも思えぬ声であった。光秀は床の上に起きた。

立ち上がって、ふすまを開いた。次の間には誰もいない。ひやりと冷たい板の間を
踏んで、寒い板戸をあけると廻廊である。無論そこにも人影のある筈《はず》はなかった。

「夢か」

光秀は早暁《そうぎょう》の湖を見た。鉛色の海だ。雪が小やみなく降っている。

戸を閉ざして布団《ふとん》の中にもどると、妻の凞子《ひろこ》が、

「いかがなされました？」

と静かに尋ねた。

「うむ、夢を見た」

「夢？」

「義昭さまの夢じゃ」

「ま、どのような」

光秀はいま見た夢を語った。

「妙な初夢でございますこと」

「おう、なるほど、初夢か」

「将軍さまは、あれから何年になりますやら」

「もう、十年になるのう」

十年前の天正元年、自分は主と仰いでいた将軍義昭の敵に廻り、遂《つい》に義昭を追放してしまったのだ。無論、それは主君信長の厳命であった。あの時、自分は信長の臣として、心ならずも義昭の敵に廻らざるを得なかった。が、それを知った義昭の心中はいかがであったろう。光秀は今更のように胸が痛んだ。

「将軍さまは、どこでどのようなお正月を、お迎えなされたことでございましょう」

「……」

光秀は黙って寝返りを打った。雪の降る中を、義昭がとぼとぼと歩いているような気がするのだ。自分があの時、将軍と運命を共にしていたなら、同様に落魄《らくはく》していたことであろう。

（しかし……）

と、光秀は目を大きく見開いた。自分があの時信長の地位にあったら、決して義昭を追放などせず、将軍として仰いでいたと光秀は思う。

（もし、わしが天下をとっていたら……）

今のように惨《みじ》めな境遇に、義昭を置きはしなかった。そう思って、光秀は、はっとした。

（もし、わしが天下をとっていたら……）

何と大それたことを考えるものだ。天下は信長のものではないか。光秀は苦笑した。

（何しろ、妙な初夢だ）

光秀は、七日に折入って相談があるといった信長の言葉を思った。この事のほうが、今は夢より大事なのだ。

武田信玄が逝《ゆ》き、その子勝頼《かつより》の時代になって、今年で十年目だというのに、いまだに武田退治はなされていない。いよいよ、今年は決着をつける時がきたのだ。そう思いながら、しかし光秀は再び思った。

（わしが天下を取っていたら……）

義昭を迎えて将軍の座につかせたかった。

考えてみると、自分は信長に劣るとは思われない。軍略に長《た》け、武術も秀《すぐ》れている。今までの戦いにも、自分の知恵がどれほど信長を助けてきたことか。ということは、信長は自分がいなければ、天下を取ることはできなかったということではないか。

無論、柴田勝家や秀吉の働きも大きい。……秀吉の顔が目に浮かぶと、光秀は落ちつかない気分になった。これは何も今日に限ったことではない。光秀は、今まで常に秀吉を意識してきた。

坂本城を築いた時の喜びの一つに、秀吉よりも先に城を持てたということがあった。その二年後に秀吉は長浜城主となったが、光秀は優越感を持って、その知らせを聞くことができた。

丹波攻略を命ぜられて勇躍したのも、秀吉に丹波攻めの大将が下命されずに、自分に下命されたからであった。

が、考えてみると、今では秀吉も中国攻めの総大将となっている。自分は一足先に丹波を平定したが、いわば華々しい舞台には立ってはいない。秀吉の身辺がいかにも華やかで、信長は秀吉に絶大の信頼をよせているかに見える。

(わしも今年は五十七歳だ)

時には甚だしい疲労を覚えて体力も限界に来ているような気がする。それにひきくらべ、四十七歳の秀吉は、まだまだ働き盛りである。十歳の年齢の差は、光秀にはひどく大きな差に思われた。

自分がろくに働けなくなった時でも、秀吉はまだ働けるにちがいない。とすると、今後の二人に対して信長がいかなる態度に出るか、目に見えるような気がする。年来の臣、佐久間信盛を、さしたる働きがないといって高野山に放逐したように、いつまた自分も、役に立たぬ老将として追い払われるかわからない。信長は、無用の者を大事にするほど、情のある人間ではない。非情が身上の信長である。

(五十七か)

光秀は吐息をついた。凞子がそっと身を起して立って行った。

人生五十年の世にあって、自分は少なからず長生きしたと光秀は思う。

(謙信は四十九で死んだ)

信玄にしても五十三歳だった。

今の地位のままに安穏に死ねたら上乗だ。しかし、信長は自分をいつまで重んずることであろう。この度の七日の相談も、恐らく甲州征伐であろうが、万一失敗したら、どんな勘気をこうむるやら、測りがたい。

特に近頃の信長はいら立っている。信長はまだ四十九歳だ。しかし、人生五十年といわれるその五十歳を目の前にして、信長も焦《あせ》っているのかも知れぬと、光秀は思った。天下征覇の業は、そうやすやすとは成らぬのだ。

（秀吉奴《め》！）

武将は戦場にあってこそ武将なのだ。毛利という手強《てごわ》い敵を相手に攻めあぐんでいる秀吉が、今の光秀には羨《うらや》ましかった。そして、それよりも更に羨ましいのは、秀吉が自分より十歳も若いということだった。

それにつけても、自分は浪々の時代が長過ぎたと思う。将軍義昭を信長に紹介し、信長に仕えたのは既に四十歳であった。

（十年あとに生まれておれば……）

思っても詮《せん》ないことを思う自分は、やはり年のせいかも知れぬと、光秀は苦笑した。

卯《う》の刻（午前六時）でもあろうか。廊下をしのびやかに行く足音の数が増した。

（十年を経て、義昭将軍のお声を夢に聞こうとは）

過ぎ行けば、義昭もまた、懐《なつ》かしい人の一人だった。

思うともなく、義昭との出会いの頃を思っていると、ふと信長の寵童《ちょうどう》森蘭丸《らんまる》の顔が目に浮かんだ。近頃、蘭丸は光秀を見ると、かすかに笑う。それは微笑とも見えるが、断じて微笑ではない。嘲笑《ちょうしょう》である。光秀が正面からみつめると視線を外《そ》らす。

森蘭丸については、この頃妙な風評が流れている。信長が、

「何にても望むことを言え」

といった時、蘭丸は、

「父のもとの領地、坂本を私めに賜りとう存じます」

とねだったという。坂本は光秀の所領である。

もとより確たる証拠のある話ではないが、ふいに光秀は不安になった。久しぶりに義昭の夢を見たため、神経がたかぶっているのかも知れぬと、光秀は床の上に身を起した。


信長は武田勝頼に圧勝した。

この日、三月十九日、信長の陣は信州の飯田から上諏訪の社《やしろ》に移った。三月の空が青くやわらかい。織田方にとって絶好の戦勝日和《びより》である。

木立の多い社の陣には幔幕《まんまく》が張りめぐらされ、信長、信忠を中心に、光秀、森蘭丸らがうしろに控え、家臣が廻廊に居並んでいる。そこに、武田勢を駿河口《するがぐち》から攻めた徳川家康も、先程その穏やかな微笑を見せて入って来た。更に、武田勝頼の姉婿《あねむこ》で、信長に寝返った穴山梅雪《ばいせつ》がそのあとにつづいた。

拝伏する梅雪に信長がゆっくり声をかける間もなく、木曾義昌《よしまさ》が姿を見せた。降将が姿を見せる度に陣内がざわめいた。特に木曾義昌の姿を見ると、そのざわめきは大きくなった。義昌は、木曾義仲以来の名門だが、武田信玄に攻められて降《くだ》った。後に信玄の娘と結婚、室とした。いわば勝頼の妹婿である。

この義昌が勝頼の圧政に抗して、反旗を挙げたのであった。そして直ちに信長に救援を訴え出たのである。いわば、この度の武田攻めの口火を切ったのは、この義昌であった。きりりと結んだ唇が女のように赤い。

次々に、信長の前に平伏する梅雪、義昌らを眺めつつ、満足気にうなずいていたのは、光秀であった。

今年の正月七日、信長は折入って相談があるとして、光秀唯《ただ》一人を招いた。それは、光秀の予想したとおり、武田攻めの合議であった。

細川護貞氏著「細川幽斎」にも、

〈同七日、信長は惟任《これとう》光秀と軍議数刻に及んだ後、その席に藤孝も招《よ》ばれ「来《きた》る二月下旬から甲州征伐する。その折、藤孝は安土の警護を勤めよ」とのことで云々《うんぬん》〉

とある。

光秀はいま、その時のことを思い浮かべていたのである。

信長はその日、甲州信濃《しなの》の地図を大きく広げて、光秀を待っていた。

「おう、待っていたぞ」

光秀を迎える信長の声は、気味の悪いほど上機嫌であった。が、この機嫌はいつどう変化するか、例の如《ごと》く予断を許さなかった。

「武田攻めでござりまするな」

挨拶《あいさつ》ののち、光秀は進みよって、地図に目をやった。

「うむ。既に暮のうちに、三河の牧野《まきの》の城に兵糧《ひょうろう》を半年分運び入れてある」

信長は得意気であった。

「半年分……でござりまするか」

かすかに光秀は笑った。信長の目が光った。

「少ないと申すか」

「いえ、さすがは殿。さりながら半年分はいささか多過ぎると光秀には思われまする」

「多い？」

「は、殿の御威光の前に、武田勢は二カ月と持ち応《こた》えることはできますまい」

「二カ月と持つまいとな？」

ニヤリと信長は笑った。光秀の言葉が気に入ったようである。

「はい、先《ま》ず一月半というところでござりましょう」

確信あり気な光秀の語調である。

「ところで、勝頼めは昨年勝長を送り返して来た。それをそちはどうとるか」

「さればでござりまする」

勝長は、信長の末子である。

武田勝頼の父信玄は、曾《かつ》てその在世中、美濃《みの》の岩村城を攻めたことがあった。信長の末子勝長は、当時その城主の養子であったが、人質として武田方に渡された。そして、後に信玄の養子にされ、今日に及んでいた。即《すなわ》ち、信長の末子が信玄の養子になっていたわけである。それが、十余年経て、突如その父信長のもとに帰されて来たのだ。

「武田に戦意があらば、人質は貴重かと存じまする」

「では、戦意がないと申すのか、武田には」

「いえ、戦う気はないと、見せかける謀略かとも……」

「柴田は、これは絶縁状だと申して居《お》る。信玄が勝長を養子としたるは、いわば政略縁組、その縁を勝頼めは切り捨てたとな」

「なるほど。しかし、たとえ勝頼はそのように高飛車に出たとしても、さて、武田の家臣たちに、それほどの意気がありますか、どうか」

「うむ。わしもないと思う。信玄が死んで十年、もはや武田は虎《とら》ではない。猫に過ぎぬ。その猫が、勝長を突っ返して来た」

「勝頼は、未《いま》だにおのれを虎と過信しているやも知れませぬ。猫がおのれを虎だと思いこめば、これは滑稽《こっけい》というもの。しかし、家臣は、おのが主が猫か虎か、よう弁《わきま》えておりましょう。弁えておれば……」

「弁えておれば？」

「いくら、猫が強がっても、人心は離れるばかり……」

光秀の言葉に、信長は心地よげに声を上げて笑ったが、

「武田に総攻撃をかける！　時は二月末だ」

と言い切った。

「二月末でござりまするか」

「遅いと申すか」

「いえ、もしかしたら、殿、その前に日ならずして武田の中に謀反《むほん》が起きるやも知れませぬ」

「何？　謀反が？」

「は、細川藤孝殿にお尋ね下されば、詳しい様子はおわかりと存じまする。藤孝殿は、長年来、諸国を流れ歩く座頭琵琶坊主《びわぼうず》などに目をかけておりますれば、諸国の様子も、掌《たなごころ》をみるが如くとか」

「うむ、藤孝が情報を多く集めているは、わしも知ってはいるが……。それでそちは、武田勢について聞いていることがあると申すのか」

「は、勝頼の代になって以来、貢にも、課役にも、苦しめられて、不満が多いとか……、特に信濃の木曾義昌の領地内では、勝頼は痛く不評と聞きまする」

「何、木曾義昌が？　しかし、彼奴《きゃつ》は勝頼の妹婿じゃ」

「得てして、姉婿、妹婿などが、真っ先に不満をとなえるもの……」

「子供でも親にそむき、婿でも舅《しゅうと》に弓を引くからの」

信長はちょっと皮肉に笑った。光秀はヒヤリとした。信長自身、妹婿の浅井長政を亡《ほろ》ぼしているからだ。

「藤孝に詳しく尋ねよう。即刻使いを宮津につかわす」

「は、実は、何かの御用もあろうかと、藤孝殿も、本日共に登城仕《つかまつ》ってござります」

「おう、ぬけ目のない奴《やつ》じゃ、そちは。では後程召し出すであろう」

幾度か信長は大きくうなずいて光秀を見た。

こうして、その日の光秀の進言は、この度の戦いに余りにも数多く的中したのである。

それから二十日後の一月二十七日、果して木曾義昌が武田に反旗をひるがえし、且《か》つ、織田方に救援を求めて来た。

信長は、木曾義昌の弟上松蔵人《くらんど》を人質とした後、予定より一カ月早い武田攻めを開始した。

木曾口、飛驒口《ひだぐち》、関東口から、織田勢は甲州、信濃に向けて、同時に兵馬を進めた。光秀は信長に言った。

「人間、誰しも自分の生きのびる道を考える者でござります。勝目のない戦さとわかれば、主君を捨てて、織田方に寝返る者が多うござりましょう」

そのとおりであった。駿河口の総大将、穴山信君（梅雪）をはじめ、朝比奈、大熊、依田らが、先ずおのが城を捨てて、投降した。

そして遂《つい》には、勝頼に転進をすすめた小山田信茂は、その途上、笹子峠《ささごとうげ》で突如勝頼に矢を向けた。勝頼の兵はもろくも逃げ去り、勝頼は僅《わず》か四十一名の兵と、五十名の女中たちと共に、民家にかくれた。

が、かくれ住むこと八日あまり、滝川一益らに攻められて、勝頼は妻子と共に自害して果てた。最後まで従った男女合わせて九十一名の者も共に果てた。実にこれがその名を天下にとどろかせた武田の惨《みじ》めな最期《さいご》であった。三月十一日のことである。武田勝頼は、敵と戦って負けたのではなく、自らくずれ去ったといったほうがよかった。光秀の予言どおり、勝頼は兵を起して、二カ月と保つことはできなかった。

(果して、半年の兵糧は不要であった)

光秀は心中、満足であった。こうして考えて見ると、自分の洞察力は信長に勝るとも劣らぬではないか。

家康や穴山梅雪と談笑している信長の姿を、うしろから眺めながら、光秀は曾てない満足感に浸っていた。

(しかし、武田もあえなく果てたものよ。落目の主君にこそ、忠を励むが臣たるものを)

僅か四十一名の兵と共に果てた勝頼を、光秀はあわれと思った。

(落日の主君を、人は容易に裏切ることができる。が、日の出の勢いの主君を裏切るは容易ではない。人間、ただ自分が大事なものよ)

思いつつ、光秀は内心ぎょっとした。日の出の勢いの主君とは、この信長のことである。この信長に自分は反旗をひるがえせるか。光秀は信長の幅広い背に視線を据えた。はね返すような力が、背にも肩にも漲《みなぎ》っている。

(強い男だ。運も強い)

光秀は、信長の背に目を据えたまま、心の中でつぶやいた。

信長の笑い声がかん高くひびいた。光秀は、はっと吾《われ》にかえった。

信長がいった。

「改めて、そちたちの旧領はそのまま、安堵《あんど》してとらす」

木曾義昌、穴山信君、小笠原信嶺《のぶみね》らが両手をつき、地に頭をすりつけた。小笠原の肩がかすかにふるえている。

「なお、木曾義昌、特別の働きにより、信濃安曇《あずみ》、筑摩《ちくま》を領国としてとらす。大儀であった」

木曾義昌はおのが耳を疑うように顔を上げ、信長を見上げたが、更に低く平伏した。

(つまりは、主君を裏切ったが功になったか)

光秀は地にひれふしている木曾義昌を見守った。この男は、信長が落目になればまた裏切るのかも知れぬ。ようやく面《おもて》をあげた義昌の赤い唇を光秀はみつめた。

「めでたいことよのう」

隣の滝川一益が光秀にささやいた。

「おう、そうじゃ。蘭丸」

信長が、うしろをふり返って、森蘭丸を見た。蘭丸が、その白いうなじをかすかに傾けた。彫ったような張りのある目が、媚《こび》を帯びて信長に注がれる。

「そちの兄の長可《ながよし》には、信濃川中島四郡の十八万石を与えてとらそうぞ」

「え？　十八万石を！」

驚く蘭丸をなめるように信長は眺めた。驚いたのは蘭丸だけではない。居並ぶ者も光秀も驚愕《きょうがく》した。

(旧領二万石と併せて、一挙に二十万石！)

蘭丸の兄武蔵守《むさしのかみ》長可は、未《ま》だ二十四歳である。いかに鬼武蔵と、その剛勇をうたわれているにせよ、弱冠二十四歳で、二万石から一挙に二十万石の領主になろうとは。

内心、光秀は穏やかではなかった。その動揺も静まらぬ光秀の耳に、信長のかん高い声がひびいた。

「蘭丸、そちには、美濃岩村の五万石を与えよう」

(五万石!?)

蘭丸はまだ十七歳の小童《こわっぱ》ではないか。

「そのうちに、加増もあろう。楽しみに待て」

ふっと、先に聞いた噂《うわさ》を、光秀はまたしても思い出した。蘭丸は、父の森可成《よしなり》の旧領、坂本を拝領したい旨《むね》願い出たという噂である。

蘭丸は六歳の折、父可成を失っている。可成は信長に従って、浅井長政、朝倉義景を襲わんとして、討死した。もと、美濃国金山城主であった。

信長の森一統への傾きが、余りにもあからさまに思われた。

森兄弟に対する扱いは破格である。もっとも、それがまた信長のやり方である。使えると思えば、家柄など顧慮することなく高禄《こうろく》を与える。まして森家は家柄である。

(自分にしても、秀吉にしても、破格の扱いを受けたのだ)

(だが、このままでは、本当に坂本は蘭丸に奪われるかも知れぬ)

光秀は面を伏せた。頬が引きつるようであった。と、その時、信長の視線が光秀にとまった。たちまち、光秀の苦々しげな様子が、信長の癇《かん》にさわった。

(めでたい戦勝の席で、この男は何を考えているのか)

信長の眉間《みけん》に深いたて皺《じわ》がきざまれた。

(何もかも、光秀の言葉どおりであった)

総攻撃を加える前に、木曾義昌が反逆ののろしをあげたことも、勝頼を裏切る者が続出したことも。そして、一カ月半に満たぬうちに武田を滅亡せしめたことも。

(内心、この男、俺《おれ》を嘲《わら》っているのかも知れぬ)

余りにも、光秀の進言は的中し過ぎた。的中する度、信長は光秀という男の読みの深さに内心舌を巻き、それがまた忌々《いまいま》しくもあった。

(武田を亡ぼし得たのは、おのれだと、この光秀は思っているのではないか)

(信玄亡《な》きあと十年、隠忍していたのは、この俺だ)

が、考えてみると、光秀にその隠忍自重を幾度か説かれてきた。

(奴はやっぱり、おのれの手柄を数えているのであろう)

折しも、光秀の傍らで誰かのささやく声がした。光秀が低く答えた。その途端信長はむらむらと怒りがこみ上げたのである。

「光秀!」

眉《まゆ》を吊《つ》り上げた形相もの凄《すご》く、信長は怒鳴った。

「は?」

何が何やら光秀にはわからない。

「おのれ! 何を苦々しげに考えている!」

「いえ、別に……めでたき戦勝をお慶《よろこ》び申し上げ……」

「いうな！　それが戦勝をよろこぶ顔か。そちが胸のうちくらい、わしに見えぬと申すか」

立ち上がるなり、つかつかと光秀の傍に来て、いきなり胸ぐらをつかんだ。

「殿！」

「おのれは……おのれは、おのれ一人が苦労して、この戦勝を導いたというのか」

「……殿、決して……」

光秀は、まちがってもそんなことを口に出す人間ではない。それを誰よりも信長自身が知っている。知っていればこそ一層腹が立つ。諸事、光秀が自分を見透かしているようで、腹に据えかねるのだ。

「おのれ！」

信長は光秀のもとどりを引きずって、社《やしろ》の欄干に光秀の頭を力一杯打ちつけた。光秀の頭はガツッと無気味な音を立てた。

「苦労をしたは、この信長ぞ！」

「御意、御意にござりまする」

無抵抗な光秀の頭を、信長は再び三度欄干に打ちつけた。頭から頬に血がぬるぬると伝わった。

（武田攻めに加わったわしへの、これが恩賞か）

光秀は思わず信長を睨《ね》めつけた。

「こいつ！」

狂ったように信長は、光秀のもとどりをぐいと引いた。

「殿！　殿！　お鎮《しず》まり下され」

この時、ようやく滝川一益が、かけよって信長を後ろから抱きとめた。

「離せ！　離せ！」

なおも荒れ狂う信長の耳に一益がささやいた。

「殿、徳川殿をはじめ武田方も詰めてござる。お鎮まりなされませ」

ようやく、信長の手が光秀のもとどりを離れた。光秀は懐紙で静かに血をぬぐい、身づくろいをして、徐《しず》かに退席した。誰にも、何が信長を怒らせたのか、わからなかった。信長の言葉から、多分光秀が、

「吾らの多年の骨折りも、これで報われた」

と述懐し、それが信長の耳に入ったと推量したようであった。

甲州から帰って来た光秀は、ひとまず坂本城に入った。いつになく、疲れきって帰

ってきた光秀の様子に、凞子は心を痛めた。

「どこか、お怪我《けが》なされたのでございますか」

勝ち戦さから帰った人間とは思われない。いかに疲れていても、勝ち戦さの場合は、目が輝いている。表情が生き生きしているのだ。

が、今日の光秀はぼんやりとしていた。目のふちには黒く隈《くま》ができ、その表情がうつろだった。

その夜の祝宴は、光秀夫妻と、明智弥平次、斎藤利三《としみつ》によって開かれた。酌には初之助が侍《はべ》った。利三は一昨年以来、光秀に仕えている。

「遂に、武田も亡《ほろ》びましたなあ」

弥平次が快活に言った。

「次は毛利じゃのう」

利三が相づちを打つ。が、光秀は箸《はし》を持ったまま、膳《ぜん》の上にあらぬ視線を泳がせている。常の光秀らしからぬ様子である。弥平次と利三は顔を見合わせてうなずいた。

一瞬、気まずい沈黙が流れた。

「？」

いぶかし気に光秀をみつめていた凞子が、利三と弥平次の表情に目を移した。初之助の持つ銚子《ちょうし》がかすかにふるえている。

「殿！」

「うむ」

自分に集まった視線に、ようやく光秀は気づいた。四月の風がなまあたたかく部屋に流れて、灯火がゆらいだ。

「疲れたのう」

光秀は苦笑し、

「そちたちも大儀であった」

と、ようやくいつもの光秀にかえった。初之助が酌をし、座が和らいだ。

「殿、お倫が、懐妊致しましたそうな」

熈子の言葉に、

「ほう、それはめでたい。弥平次、でかしたのう」

「は、おかげさまで……」

弥平次はあかくなって頭をかいた。利三も初之助も思わず微笑した。熈子がまたいった。

「殿、お玉もまた懐妊したとの便りにござります」

「なに、お玉も三人の母となるか」

「おめでとうござりまする」

利三と弥平次が、異口同音に頭を下げた。が、初之助は顔をこわばらせた。

「ひとつ、陽気に参りましょうか」

弥平次が一段と声を大きくした。

「殿、信長殿は、家康殿の領地を通って御帰還とか、よく無事であの領地を帰ってこられたものですなあ」

「うむ」

この利三のために、自分は信長に刃《やいば》をつきつけられたことがあったと、光秀は思い出した。

利三の母は光秀の妹である。利三はつまり光秀の甥《おい》なのだ。彼の妻は、稲葉一鉄の姪《めい》で、一昨年まで利三は一鉄に仕えていた。が、一鉄に再三恨みをいだくことがあり、一時信長に仕えたあと、一昨年以来光秀に従った。

一鉄は斎藤利三を返してくれるよう、信長を通じて頼んで来た。一旦《いったん》は断ったが、その後執念深く信長に催促した。利三が稲葉一鉄を離れた理由を信長も知っていたから、最初のうちは、光秀にはきつくは言わなかった。

だが、ある時、衆人の前で、

「もう、いい加減返さぬか」

と催促された。しかし光秀は、今更稲葉一鉄に利三を返しては、彼の命が危ういと考え、これを静かに断った。

理は光秀にある。が、その理のあることが信長を立腹させた。いきなり小刀を抜いて光秀に斬《き》りかかったのである。

「余の命令に逆らうか」

信長は荒れ狂った。が、一命を賭《と》しても光秀は利三を返すまいと思った。

このことを聞いた利三は、子供のように号泣した。四十を越した男とは思えぬ泣き方だった。以来、利三はますます光秀を、またとなき主君と慕うようになった。が、信長を激しく憎むようにもなった。

「わしを一鉄に返せとは、即《すなわ》ち、わしの命はどうなってもよいということか。わしは光秀殿のためには死んでも、信長のためには死なぬぞ」

彼は弥平次に度々こう言っている。

利三は、のちにその名を天下に残した春日局《かすがのつぼね》の父親だけあって、頭も度胸もよいが、性格もまた激しかった。

複雑な気持で、光秀は利三の顔を見た。弥平次がいった。

「信長殿は、こわいものなしじゃ。家康殿などこわくはないわな」

「そうかのう。こわいものなしかのう。わしには迂闊《うかつ》に思われる。家康殿の領国を通ったは油断じゃ」

「利三」

たしなめる光秀に、

「しかし殿、そうではござらぬか。家康殿の御長子信康殿に、あらぬ疑いをかけて切腹せしめたのは、ほんの二、三年前のこと。未《いま》だ信康殿の怨霊《おんりょう》が現れるという噂もあるに、その領地を、十日余りもよくまあ、通って来られたものよ」

家康の長子信康は、信長の愛娘《まなむすめ》徳姫を娶《めと》っていた。信康の生母築山《つきやま》御前は、夫家康との仲が冷たかった。その故《ゆえ》か、築山御前は嫁の徳姫にも辛《つら》く当り、信康と徳姫の間を割くようなことばかりしている。

信康が徳姫を愛しているのが憎いのだ。信康に妾《めかけ》を無理矢理囲わせ、二人の仲を割き、更に信長への謀反《むほん》さえ企《たくら》んだ。このことを徳姫がかぎつけ、父信長に急報した。

信長は家康を通じ、信康に切腹を要求した。家康は要請を受けて一カ月ばかり、わが子信康を殺し得ず、悶々《もんもん》とした。が、止《や》むなく、遂《つい》に信康に切腹させたのである。

三年前のことであった。

家康は信長の家臣ではない。忠実な同盟者である。が、信長は家康を臣下の如《ごと》く扱った。家康にはまだ、信長に抗する力はなかった。

信長は、何もわが子の婿《むこ》信康を殺すまでのことはなかった。築山御前の言動はともかく、信康が潔白であることは、衆人も認めるところであった。しかし信長は、信康が母の築山御前の企みに巻きこまれたとして、敢《あえ》て切腹せしめたのである。

光秀はその後、

「信康殿は秀《すぐ》れた御方だからのう。信長殿の御長子信忠殿は遥《はる》かに及ばぬ。信忠殿の時代になれば、信康殿が織田家を圧することを見ぬいていられたのだろう」

と弥平次に洩《も》らしたことがある。特に信康の知謀は、父の家康さえ及ばぬ程であった。

こんないきさつのある家康の領地を、悠々と凱旋《がいせん》してきた信長を、人々は豪胆といった。が、他に通る道もあろうにと、眉をひそめる者も少なくはなかった。

「それにしても、家康殿は、よく無事に通したものよ」

利三は再びいった。目がらんらんと光っている。弥平次は光秀の従弟《いとこ》であり、利三は光秀の甥《おい》である。初之助一人を除いて、この場には血縁ばかりである。つい、信長を悪《あ》しざまにも言ってみたくなる。

特にこの度の武田攻めには、正月七日の光秀の数々の進言があった。その言葉が、すべて当を得たものであったことは、誰よりも信長が知っている。が、信長は一言のねぎらいの言葉も与えず、まして賞詞もなく、理不尽にも、衆目の前で打擲《ちょうちゃく》したのである。

光秀の胸中を思えば、光秀をこの上なき主君と仰いでいる利三、弥平次の腹もまた、煮えかえる思いになるのは無理もない。その思いは、初之助とても同様である。

「のう利三どの。三河殿は、信長殿のお通りに大汗かいたばかりか、この度の駿河一国を頂戴《ちょうだい》した御礼に、安土《あづち》に参られるそうじゃ」

「それはまた、えらい気のつかいようじゃ。徳川殿が多年武田を牽制《けんせい》していた功だけでも、駿河一国の価はある。御礼参上は、むしろ信長殿がすべきところよ」

「全く全く。謀反気もない信康殿が、詰腹を切らせられたことを思えば、駿河の一国や二国、ありがたくもないわい」

ある程度は、鬱憤《うっぷん》も晴らさせねばならぬと思いながら、光秀は利三と弥平次のやりとりを聞いていた。聞きながら、思わず光秀も相づちを打ちそうになる。

「もうよい」

光秀の言葉に、利三は何か言おうと口を開きかけたが、弥平次にひじでつかれて口をつぐんだ。

「心頭滅却すれば、火もまた涼し……か。快川和尚《かいせんおしょう》の最期《さいご》は立派であったのう」

光秀の頰の静かな微笑が消えた。

「ああ、あれは立派でござった。のう、弥平次殿」

「おう、わしも、あの焼けただれる山門の炎の中で、合掌する和尚の姿には、身がふるえたわ」

この度信長は、武田信玄の菩提寺《ぼだいじ》である恵林寺《えりんじ》の和尚快川を、寺内の僧らと共に山門に閉じこめ、百五十余名を焼き殺したのである。快川和尚は、勝頼の供養《くよう》をした。それが大いなる罪の一つとして数えられた。菩提寺の僧が、主君勝頼を供養するのは当然である。しかし、信長はそれを決して容赦はしなかった。

が、快川はこの炎の中で、

「心頭滅却すれば、火もまた涼し」

と、莞爾《かんじ》として死んで行ったのである。

「快川和尚に比べると、武士の死は何か侘《わ》びしい気がするのう」

「全く。あれこそが、人間のまことの死の姿かと、肝銘仕《つかまつ》りました」

「うむ。されどあの和尚は死んだと言えるかのう、弥平次」

光秀は箸を置いて弥平次を見た。

「死んで生きた、とでも申しましょうか」

「なるほど、死んで生きたか。そうも言える。利三はどう思うたか」

「は、それがしも弥平次殿と同様でござるな。さすがの信長殿も、あの快川和尚は殺し得なかったと存じました」

「信長殿も殺し得なかったと？」

「はい、信長殿は焼き殺したつもりにござりましょう。しかし、快川和尚は決して殺されてはおりませぬ」

「なるほど。わしも、あの和尚の声をはっきりとこの耳で聞いた。静かに合掌する姿をこの目で見た。人間の心というものは、人間の手で焼き殺し得ぬものと、わしも思った」

玉子が大きくうなずいた。かしこまって聞いている初之助に光秀はいった。

「のう、初之助。そなたも、あの声を聞いたであろう」

「はい、尊いことと、わたくしも思わず合掌いたしました。殿、人間はいかにすれば、あの境地に達し得るものでござりまするか」

「それよ、それをわしも思ったわ」

いつかまた、自分が信長に厳しく殴られる時に、

「心頭滅却すれば、火もまた涼し」

と、笑ってその鉄拳《てっけん》を受け得るや否《いな》や。心の中にたぎるこの憎しみは、快川の前に余りにも恥ずかしいと光秀は思った。

（とまれ、人間の心は、鉄拳や刃では従い得ぬもの……）

「殿、とにかくかの勝負、快川の勝ちと、弥平次めは思いました」

「うむ」

「とすれば、信長殿は、武田方に完勝したと思っていられても、快川には勝ち得ませんでしたのう」

「なるほど、なるほど。弥平次殿はうまいことをいう。戦さは人を殺せば勝ちとは限りませぬの。殿がいつも言われる通り、戦わずに勝つが、本当の勝利かも知れぬの」

利三はひざを叩《たた》いた。

光秀はふと、夜の琵琶湖に目を転じた。この湖の彼方《かなた》の安土城に、自分を血の出るほどに打ち据えた信長がいる。と思っただけで、激しく心がたぎった。


（下巻につづく）

表記について

新潮文庫の文字表記については、原文を尊重するという見地に立ち、次のように方針を定めました。

一、旧仮名づかいで書かれた口語文の作品は、新仮名づかいに改める。
二、文語文の作品は旧仮名づかいのままとする。
三、旧字体で書かれているものは、原則として新字体に改める。
四、難読と思われる語には振仮名をつける。

三浦綾子著

塩狩峠

大勢の乗客の命を救うため、雪の塩狩峠で自らの命を犠牲にした若き鉄道員の愛と信仰に貫かれた生涯を描き、人間存在の意味を問う。

三浦綾子著

道ありき
―青春編―

教員生活の挫折、病魔――絶望の底へ突き落とされた著者が、十三年の闘病の中で自己の青春の愛と信仰を赤裸々に告白した心の歴史。

三浦綾子著

この土の器をも
―道ありき第二部 結婚編―

長い療養生活ののち、三十七歳で結婚した著者が、夫婦の愛とは何か、家庭を築くとはどういうことかを、自己に問い綴った自伝長編。

三浦綾子著

光あるうちに
道ありき第三部信仰入門編

神とは、愛とは、罪とは、死とは何なのか？人間として、かけがえのない命を生きて行くために大切な事は何かを問う愛と信仰の書。

三浦綾子著

泥流地帯

大正十五年五月、十勝岳大噴火。家も学校も恋も夢も、泥流が一気に押し流す。懸命に生きる兄弟を通して人生の試練とは何かを問う。

三浦綾子著

続 泥流地帯

家族の命を奪い地獄のような石河原となった泥流の地に、再び稲を実らせるため、鍬を入れる拓一、耕作兄弟。この人生の報いとは？

遠藤周作著
イエスの生涯
国際ダグ・ハマーショルド賞受賞

青年大工イエスはなぜ十字架上で殺されなければならなかったのか――。あらゆる「イエス伝」をふまえて、その〈生〉の真実を刻む。

遠藤周作著
キリストの誕生
読売文学賞受賞

十字架上で無力に死んだイエスは死後〝救い主〟と呼ばれ始める……。残された人々の心の痕跡を探り、人間の魂の深奥のドラマを描く。

遠藤周作著
白い人・黄色い人
芥川賞受賞

ナチ拷問に焦点をあて、存在の根源に神を求める意志の必然性を探る「白い人」、神をもたない日本人の精神的悲惨を追う「黄色い人」。

遠藤周作著
海と毒薬
毎日出版文化賞・新潮社文学賞受賞

何が彼らをこのような残虐行為に駆りたてたのか？　終戦時の大学病院の生体解剖事件を小説化し、日本人の罪悪感を追求した問題作。

曽野綾子著
心に迫るパウロの言葉

生涯をキリスト教の伝道に捧げたパウロの言葉は、二千年を経てますます新鮮に我々の胸を打つ。光り輝くパウロの言葉を平易に説く。

太宰治著
走れメロス

人間の信頼と友情の美しさを、簡潔な文体で表現した「走れメロス」など、中期の安定した生活の中で、多彩な芸術的開花を示した9編。

司馬遼太郎著

花　神（上・中・下）

周防の村医から一転して官軍総司令官となり、維新の渦中で非業の死をとげた、日本近代兵制の創始者大村益次郎の波瀾の生涯を描く。

司馬遼太郎著

城　塞（上・中・下）

秀頼、淀殿を挑発して開戦を迫る家康。大坂冬ノ陣、夏ノ陣を最後に陥落してゆく巨城の運命に託して豊臣家滅亡の人間悲劇を描く。

司馬遼太郎著

果心居士の幻術

戦国時代の武将たちに利用され、やがて殺されていった忍者たちを描く表題作など、歴史に埋もれた興味深い人物や事件を発掘する。

司馬遼太郎著

馬上少年過ぐ

戦国の争乱期に遅れた伊達政宗の生涯を描く表題作。坂本竜馬ひきいる海援隊員の、英国水兵殺害に材をとる「慶応長崎事件」など7編。

司馬遼太郎著

胡蝶の夢（一〜四）

巨大な組織・江戸幕府が崩壊してゆく――この激動期に、時代が求める〝蘭学〟という鋭いメスで身分社会を切り裂いていった男たち。

司馬遼太郎著

項羽と劉邦（上・中・下）

秦の始皇帝没後の動乱中国で覇を争う項羽と劉邦。天下を制する〝人望〟とは何かを、史上最高の典型によってきわめつくした歴史大作。

新潮文庫最新刊

土井善晴著
一汁一菜でよいという提案
日常の食事は、ご飯と具だくさんの味噌汁で充分。家庭料理に革命をもたらしたベストセラーが待望の文庫化。食卓の写真も多数掲載。

S・モーム
金原瑞人訳
人間の絆（上・下）
平凡な青年の人生を追う中で、読者は重たい問いに直面する。人生を生きる意味はあるのか——。世界的ベストセラーの決定的新訳。

松岡圭祐著
ミッキーマウスの憂鬱ふたたび
アルバイトの環奈は大きな夢に向かい、一歩ずつ進んでゆく。テーマパークの〈バックステージ〉を舞台に描く、感動の青春小説。

葉室麟著
玄鳥さりて
順調に出世する圭吾。彼を守り遠島となった六郎兵衛。十年の時を経て再会した二人は、敵対することに……。葉室文学の到達点。

飯嶋和一著
星夜航行（上・下）
舟橋聖一文学賞受賞
嫡男を疎んじた家康、明国征服の妄執に囚われた秀吉。時代の荒波に翻弄されながらも、高潔に生きた甚五郎の運命を描く歴史巨編。

西條奈加著
せき越えぬ
箱根関所の番士武藤一之介は親友の騎山から無体な依頼をされる。一之介の決断は。関所を巡る人間模様を描く人情時代小説の傑作。

細《ほそ》川《かわ》ガラシャ夫《ふ》人《じん》（上）

新潮文庫　み－8－14

昭和六十一年三月二十五日　発行
平成二十四年七月十日　五十一刷改版
令和三年十一月二十五日　五十九刷

著者　三《み》浦《うら》綾《あや》子《こ》

発行者　佐藤隆信
発行所　株式会社新潮社
郵便番号　一六二―八七一一
東京都新宿区矢来町七一
電話　編集部（〇三）三二六六―五四四〇
　　　読者係（〇三）三二六六―五一一一
http://www.shinchosha.co.jp

価格はカバーに表示してあります。

乱丁・落丁本は、ご面倒ですが小社読者係宛ご送付ください。送料小社負担にてお取替えいたします。

印刷・錦明印刷株式会社　製本・加藤製本株式会社

ISBN978-4-10-116214-0　C0193